Örjan Persson

Die Rettung des grauen Ponys

Deutsch von Angelika Kutsch

SCHNEIDER BUCH

Die Deutsche Bibliothek – CIP-Einheitsaufnahme

Persson, Örjan:
Die Rettung des grauen Ponys / Örjan Persson. – München :
F. Schneider, 1996
ISBN 3-505-10270-9

Hrsg. Helga Wegener-Olbricht

Dieses Buch wurde auf chlorfreies,
umweltfreundlich hergestelltes
Papier gedruckt.

Originaltitel: Räddningen
Rabén & Sjögren, Stockholm
Übersetzung aus dem Schwedischen von Angelika Kutsch
Titelbild und Illustrationen: Gertraud Funke
Umschlaggestaltung: ART DESIGN Wolfrath
Herstellung/Satz: FIBO Lichtsatz GmbH, München
Schrift: 10' Univers leicht
Druck: Presse-Druck, Augsburg
Bindung: Conzella Urban Meister, München-Dornach
ISBN 3-505-10270-9

Plötzlich war es ganz still in der Klasse. Malin wand sich langsam in die richtige Haltung. Sie hatte halb heruntergerutscht auf dem Stuhl gesessen, den einen Ellenbogen auf den Tisch gestützt, den anderen locker überm Stuhlrücken. So saß sie eigentlich immer. Den Ahorn vorm Fenster betrachten, der ist so schön. Hoch und mächtig wölbte er seine Krone über den Schaukeln und hölzernen Klettergerüsten, auf denen die Schüler aus den unteren Klassen unermüdlich schaukelten und kletterten, Pause für Pause.

Es war verboten, im Ahorn herumzuklettern, denn die Schulleitung befürchtete einerseits, der Baum würde ruiniert, und andererseits, die Kinder könnten sich verletzen, wenn sie aus gefährlicher Höhe herunterfielen. Früher hatte Malin sich über das Kletterverbot geärgert, aber jetzt war sie froh darüber, denn sie konnte die Baumkrone betrachten, ohne daß ein Haufen Kinder da oben herumhingen und schrien. Heute waren nicht mehr viele von den Blättern da, die noch vor einigen Wochen rot und golden geleuchtet hatten. Aber Malin folgte gern der Form der Stämme von der Erde aufwärts hinauf zu den Zweigen, die sich in den Himmel, den Raum, die Freiheit reckten.

Sie riß den Blick von ihrem geliebten Baum los, um nachzuschauen, was in der Klasse vor sich ging.

Wie blaß hier drinnen alles war! Bläuliches Leuchtröhrenlicht gegen beigefarbene Wände und auf schmutziggrauem Boden. Trist! Trist! Trist!

Malin saß ganz vorn links, genau vorm Pult. Nachdem sie sich zurechtgesetzt hatte, sah sie die Schwedischlehrerin an, die sie eben angesprochen hatte. Das Gesicht der Lappenlisa, so nannten sie die Lehrerin, leuchtete wie eine reife Tomate im Treibhaus vor dem Hintergrund der grünen Tafel. Malin konnte sich das Lachen nicht verkneifen, als ihr der Vergleich mit der Tomate einfiel. Was für ein Bild, dachte sie, schade, daß ich keine Kamera habe!

„Hör auf zu lachen und nimm die Tüte weg!“ rief die Lehrerin. Sie stand so nah, daß Malin einen Speichelspritzer auf der Wange abbekam. „Nimm die Tüte weg, sonst gehst du raus!“

„Die gehört mir nicht!“ sagte Malin mit erzwungener Beherrschung. Nur Carina, die rechts von ihr am nächsten saß, bemerkte, daß ihre Hände zitterten, als sie die Tüte vom Tisch nahm und auf die Knie legte.

Aus einer der hintersten Reihen kam ein Kichern. Das Kichern verbreitete sich rasch noch vorn und ging bald in unterdrücktes Gelächter hinter vorgehaltenen Händen über.

„Die Tüte gehört mir nicht!“ wiederholte Malin.

„Du lügst! Das werd ich dem Direktor sagen, verlaß dich drauf, du! Daß es in dieser Klasse nicht möglich ist, Ordnung zu halten! Ihr redet während des Unterrichts, sitzt träge da, beteiligt euch nicht am Unterricht und seid aufmüpfig!"

Lappenlisa starrte Malin, die sich unwillkürlich zusammenduckte, entrüstet an.

„Ich lüge nicht!" protestierte Malin beleidigt.

„Wer hat eine leere Bonbontüte auf Malins Tisch gelegt?" Lappenlisa ließ ihren Blick über die Klasse schweifen, die jetzt still und unschuldig dasaß. „Niemand also! Jetzt gehe ich zum Direktor! Das lasse ich mir nicht gefallen!" Die kleine, etwas dickliche Frau entfernte sich mit raschen Schritten zur Tür. Als das wütende Geklapper ihrer Holzschuhe erstarb, atmete die Klasse 8 C auf.

Malin spürte eine Hand auf ihrer Schulter.

„He, Malin!" Es war Peter, der hinter ihr saß. „Toll, daß du die Alte rausgeekelt hast!"

„Gut, Malin! Spitze!" Lob von allen Seiten.

„Wem gehört die Tüte?" Malin bückte sich, sie hob den Gegenstand der Verärgerung auf und hielt ihn zur allgemeinen Betrachtung hoch.

„Das ist Sussis!"

„Ist sie nicht!"

„Ist sie doch! Ich hab gesehen, daß du in der Pause eine Tüte hattest. Also gib's zu!"

„Ich hab's auch gesehen. Wirklich gemein von dir, es nicht zuzugeben."

Bei soviel geschlossener Einigkeit konnte Sussi nicht anders, sie mußte es zugeben. „Also, ich hab sie eben verloren", sie zuckte die Schultern. „Das ist doch nicht so schlimm."

„Ach, es macht nichts", sagte Malin. „Die Lappenlisa kann mich so oder so nicht leiden. Sie kriegt schon die

Wut, wenn sie mich nur sieht."

„Da bist du nicht allein", tröstete Peter. „Sie mag niemanden von uns. Auch in den anderen Klassen nicht."

„Aber Malin hat sie am meisten auf dem Kieker", sagte Carina. „Auf ihr hackt sie dauernd rum."

„Hasse kommt!"

Innerhalb weniger Sekunden war die Ordnung wieder hergestellt. Nur ein paar Papierknäuel und zerschnittene Radiergummis sowie eine pornographische Zeichnung an der grünen Tafel zeugten von der Abwesenheit der Lehrerin.

Das anklagende Quietschen der Kreppsohlen des Direktors näherte sich schnell, und gleich darauf trat er ein, Hasse Ivarsson, und schloß die Tür hinter sich. Er stellte sich ans Pult und schaute über die ordentliche Klasse.

„Elisabet Fjällberg hat ernste Anschuldigungen gegen euch vorgebracht", sagte er. „Ihr scheint euch in den Kopf gesetzt zu haben, ihr den letzten Nerv zu töten!"

„Schlimmer als in anderen Klassen ist es bestimmt nicht", protestierte Carina. „Übrigens ist sie selbst schuld, nur in ihren Stunden gibt es Ärger."

„Sie sagt aber, bei euch ist es am schlimmsten", sagte der Direktor. „Na, sie ist jedenfalls nach Hause gegangen."

„Jippiii!" rief Anders von hinten.

Hasse Ivarsson warf ihm einen forschenden Blick zu.

„Na ja, sie ist wirklich verdammt anstrengend", antwortete Anders auf die unausgesprochene Frage.

„Lest die Seiten 36 und 37 im Schwedischbuch", sagte Hasse. „Ich hab keine Zeit, bei euch zu bleiben. Und haltet den Geräuschpegel in Grenzen. Denkt daran, daß ihr nicht allein im Haus seid."

Er ließ die Tür offenstehen und quietschte auf seinen Kreppsohlen zum Sekretariat. In der Klasse brach Gemurmel los.

Walkman, Kaugummipakete, Zeitschriften mit Postern von Fußballmannschaften und Fotomodels tauchten aus den Taschen auf. Einige aus der Klasse verschwanden. Sie hatten Durst oder mußten zum Klo oder genossen nur allgemein die Möglichkeit, das zu tun, was sie wollten, da kein Lehrer sie daran hindern konnte.

Malin sank zurück in ihre gewohnte Haltung. Für einen Außenstehenden sah das unbequem aus, schräg auf einem normalen Schulklassenstuhl halb zu liegen, aber Malin war das so gewohnt und fühlte sich wohl. Wenn sie so dasaß, konnte sie von der Schule abschalten. Sie schaute hinaus zu ihrem Baum. Am liebsten hätte sie auf einem der obersten Äste gesessen. Hier drinnen war sie eingeschlossen, und die Luft war so stickig.

Malin hatte den Herbst gern. Besonders die klaren, sonnigen Tage, wenn es morgens kalt war und sie von ihrem Schlafzimmerfenster die Berge sehen konnte. Mehrmals in der Woche stand sie früh auf, vor sechs. Das Aufstehen selbst, sich von der kuschligen Bettwärme loszureißen und duschen zu gehen, war fast unerträglich. Aber an einem ruhigen, klaren Septembermorgen hinauszukommen, wenn noch niemand anders wach ist, belohnte sie für die Mühe. Natürlich regnete es manchmal, oder von Westen pfiff ein scharfer Wind, der auch durch die dickste Jacke drang.

Malin stand so früh auf, weil sie an mehreren Tagen der Woche die Pferde in Elofssons Stall fütterte.

Elofssons Stall war einige Kilometer von dem Dorf entfernt, in dem Malin wohnte. Gustav Elofsson war ein alter Junggeselle, der ein paar Traber hielt, die Halbblutstute Sara und das Welsh Pony Amie. Er hatte den früheren Kuhstall umgebaut, und außer seinen eigenen Pferden vermietete er sechs Boxen für Reitpferde, deren Besitzer im Dorf wohnten.

Im Preis, den die Mieter zahlten, waren das Futter und die morgendliche Versorgung enthalten. Aber damit er sich nicht um die Arbeit im Stall kümmern mußte, hatte Elofsson die Morgenfütterung mit Hilfe einiger Mädchen, die verrückt nach Pferden waren, organisiert. Und eins dieser Pferdemädchen war Malin. Dafür, daß die Mädchen Sara und Amie reiten durften, standen sie morgens abwechselnd sehr früh auf. Sie fuhren mit dem Fahrrad zum Stall oder gingen zu Fuß, wenn Winter war und sich keiner der Eltern erbarmte und sie hinbrachte. Sie versorgten die Pferde und brachten sie hinaus auf ihre Weideplätze, außer im strengen Winter.

Elofsson war mit dieser Abmachung zufrieden, und die Mädchen waren froh.

Malin hatte sich im Stall herumgetrieben, seit sie elf war und nach Hälledal gezogen war. Anfangs hatte sie nur manchmal zusammen mit den älteren Mädchen reiten dürfen, meistens hatte sie die Pferde geputzt und die Boxen ausgemistet. Eine ganze Woche war sie Tag für Tag im Stall gewesen und hatte auf den glücklichen Moment gewartet, wenn Amie plötzlich ohne Reiterin dastand, weil ihre Besitzerin krank geworden oder aus einem anderen Grund ausgeblieben war. Dann eilte Malin in die Sattelkammer, holte Sattel und Zaumzeug und stand mit der fertig gesattelten Amie auf der Stallgasse bereit, ehe die anderen überhaupt mit ihren Sachen herausgekommen waren.

Mit der Zeit war sie zur Pferdepflegerin mit Verantwortung aufgestiegen. Jeden Dienstagmorgen hatte sie Stalldienst, das ganze Jahr über, und manchmal noch öfter, ausgenommen einige Wochen im Sommer, wenn der Stall leer war, weil alle Pferde draußen auf der Weide waren.

Malin wuchs schnell; sie war die Größte unter den Mädchen in der Achten und wurde allmählich zu groß für das Pony Amie. Bald ritt sie dann Sara, aber Amie blieb Malins Liebling im Stall, auch nachdem sie über die kleine graue Ponystute hinausgewachsen war.

Malin hatte immer von einem eigenen Pferd geträumt. Sie wußte aber nach jahrelangen Diskussionen zu Hause, daß sie dafür in absehbarer Zukunft keine Chance hatte. Nicht mal Reitstunden in der Reitschule in der Stadt konnte die Familie sich leisten. Aber niemand konnte Malin daran hindern, so zu tun, als ob Amie ihr eigenes Pferd sei. Nach und nach waren die anderen Mädchen davon überzeugt, daß Malin die Hauptverantwortung für Amie hatte. Wenn Amie eine kleine Wunde am Bein hatte, wenn sie mal nicht fraß oder jemand fand, das Pony lahmte oder hatte Husten, dann sprach man mit Malin, die sich sofort um die Sache kümmerte.

Malin dachte an Amie, wenn sie hinaus zu ihrem Ahorn schaute. Vor genau zwei Wochen hatte sie Amie geritten, nur zum Spaß, um zu fühlen, wie das war. Eins der kleinen Mädchen, das sich nachmittags immer im Stall aufhielt, hatte Amie geputzt und sie sogar gesattelt und aufgetrenst, so daß Malin nur aufzusteigen und loszureiten brauchte. Die kleine Grauschimmelstute wirkte steif und klamm, und Malins erster Gedanke war, daß Amie einfach alt geworden war. Sie war sechzehn Jahre alt und hatte elf Fohlen gehabt, und natürlich war sie nicht mehr so geschmeidig und belastbar wie ein Jungpferd.

Fünfzig Meter vom Stall entfernt begann der Wald und mit ihm der „Galopp-Pfad", eine Schleife von ungefähr einem Kilometer entlang der Forstwege im Tannenwald. Am Waldrand sprang Malin ab, ließ die Zügel auf dem Widerrist liegen und begann, das graue Pony zu untersuchen. Mit den Vorderbeinen fing sie an, sorgfältig tastete sie mit der Hand am linken Röhrbein entlang. Alles schien wie immer zu sein. Aber schon am Karpalgelenk reagierte Amie, indem sie das Bein zurückriß. Malin ließ sofort los, während die kleine Stute irritiert versuchte, sich von den neugierigen Mädchenhänden zu befreien: Sie schlug aus.

Malin richtete sich auf, und Amie stellte den Fuß wieder auf den Boden. Die Untersuchung des rechten Beins brachte das gleiche Resultat. Irgend etwas mußte mit Amie passiert sein! Obwohl ... wenn Malin genau nachdachte, hatte sie sich schon länger nicht mehr mit Amie beschäftigt. Sie war eine Woche erkältet gewesen, und außerdem hatten einige der jüngeren Mädchen die Pflege des Ponys übernommen, auch wenn Malin im Stall war.

Verflixte Mädchen! Daß sie nichts sagten! Wenigstens die Kleine, die sich eben noch um Amie gekümmert hatte, hätte merken müssen, daß etwas nicht in Ordnung war.

Malin führte Amie zurück zum Stall. Nachdem sie der zerknirschten Zehnjährigen, die Amie versorgt hatte, die Leviten gelesen hatte, ging sie über den Hofplatz zum Wohnhaus, in dem Gustav Elofsson wohnte.

Es dauerte eine Weile, ehe Elofsson herauskam, und

als er in der Türöffnung stand, groß und dick, mit buschigen blonden Augenbrauen unter einem kahlen Schädel, roch Malin einen Hauch Essensdünste aus dem Haus. Elofsson wirkte gereizt, und Malin begriff, daß sie ihn beim Mittagessen gestört hatte.

„Amie lahmt auf einem Hinterbein", sagte sie hastig. „Haben Sie mal Zeit, nach ihr zu sehen?"

Elofsson grunzte etwas Unverständliches und ging wieder ins Haus. Der Hofbesitzer war unverheiratet; er lebte allein und war kein besonders zuvorkommender Mann. Die kleineren Kinder fürchteten sich vor ihm. Die jüngeren Mädchen im Stall verzogen sich hinter Strohballen oder einen schützenden warmen Pferdekörper, wenn er sich im Stall zeigte. Er trainierte seine Traber nicht einmal selbst. Das machte ein junger Mann für ihn.

Nach einer Weile kam Elofsson heraus und tastete Amies Beine ab. „Es scheint im Röhrbein zu sitzen", sagte er. „Das Gelenk ist geschwollen. Ist sie in den letzten Tagen viel gelaufen?"

„Nicht daß ich wüßte", sagte Malin.

„Eva hat an mehreren Tagen viele Stunden lang Springen mit ihr geübt", sagte eine dünne Stimme aus der Gruppe von Pferdemädchen, die sich vor Amies Box versammelt hatten.

„Eva, wer ist das?" Elofsson starrte die Mädchen empört an.

„Eva Andersson, eben war sie noch da."

Malin wußte, wer Eva war. Sie war das Mädchen, das Amie an diesem Tag versorgt hatte.

„Stimmt das?" Elofsson sah Malin drohend an.

„Ich ... weiß nicht", sagte Malin. „Ich bin nicht so oft

2 10270-9

hier gewesen. Ich war nämlich krank."

„Eva ist furchtbar viel geritten", sagte ein kleines Mädchen in hellgrauen Reithosen mit hoher Stimme. „Deswegen durfte ich fast überhaupt nicht reiten."

„So geht das nicht", brummte Elofsson mit seiner rauhen Stimme. „Die Stute ist überanstrengt!"

Das Mädchen, das zuletzt gesprochen hatte, versteckte sich erschrocken hinter den anderen.

Elofsson drehte sich zu Malin um. „Und ich hab gedacht, du kümmerst dich darum, wer Amie und Sara reitet", sagte er. „Und du merkst, wenn mit den Pferden etwas nicht stimmt."

„Ich?" sagte Malin verdutzt. „Ich wußte gar nicht, daß ich dafür verantwortlich bin. Natürlich achte ich darauf ..."

„Man sollte doch meinen, daß du ein bißchen Verantwortung übernehmen kannst, nachdem du hier so viele Jahre reiten durftest", sagte Elofsson. „Ich habe mich auf dich verlassen. Aber ich hätte mich wohl ein bißchen mehr darum kümmern müssen, wer sich hier rumtreibt. Schließlich hast du nichts fürs Reiten bezahlen müssen, oder? Da hättest du dich wirklich mehr einsetzen können! Außerdem dachte ich, daß du die Stute magst!"

Malin war so überrascht, daß sie einen Schritt rückwärts machte und eine Schaufel umriß, die gegen die Boxwand gelehnt stand. Rasch hob sie das Gerät wieder auf, und im gleichen Augenblick drängte sich Elofsson zwischen den versammelten Mädchen hindurch und ging zur Tür.

„Was ist denn nun mit Amie?" rief Malin ihm nach. „Was sollen wir tun?"

„Gelenkschwellung“, antwortete Elofsson, ohne sich umzudrehen oder stehenzubleiben. „Sie muß absolute Ruhe haben. Und achte drauf, daß sie ordentlich frißt. Ich komme gleich zurück und mache ihr einen Umschlag.“

Malin hob Striegel und Hufkratzer auf, und auch die anderen wandten sich wieder ihren Beschäftigungen zu. Sie wischte sich eine Träne mit dem Jackenärmel ab und drehte dem Ausgang den Rücken zu, um den anderen nicht zu zeigen, wie traurig sie war. Blöder alter Kerl! Hätte er ihr nicht ein Wort sagen können! Noch nie hatte er geäußert, daß Malin die Verantwortung für Sara und Amie und alle Mädchen hatte, die seine Pferde hier ritten! Klar, sie hatte einen Großteil der Verantwortung übernommen, ohne daß sie jemand darum gebeten hatte, aber jetzt war sie schließlich krank gewesen! Wenn sie diese verflixte Eva erwischte! Die hätte unbedingt fragen müssen, bevor sie die arme Amie so hart rannahm! Das durfte sie gar nicht.

Malin war gekränkt und verletzt, aber mit dem grauen Pony hatte sie noch mehr Mitleid als mit sich selbst. Eine Gelenkschwellung war vielleicht nicht so gefährlich, aber sie tat bestimmt sehr weh. Amie konnte es ja kaum ertragen, wenn man ihr Bein nur streifte!

„Wirklich gemein von ihm“, sagte eine Stimme hinter Malins Rücken. „Du kannst doch nichts dafür!“

Malin schüttelte den Kopf, ohne sich umzusehen. Sie hörte ja, daß es Kattis war, der Silver gehörte, der New Forest Wallach.

„Mach dir nichts draus“, fuhr Kattis fort. „In ein paar Wochen ist Amie bestimmt wieder gesund. Vielleicht schon in ein paar Tagen.“

Der Tag, an dem Malin zu Unrecht beschuldigt worden war, daß sie eine leere Bonbontüte auf ihren Schultisch gelegt hatte, nahm endlich auch ein Ende. Nach der Schule fuhr sie mit dem Fahrrad direkt nach Hause, um sich umzuziehen und dann gleich weiter zum Stall zu fahren.

Die Familie wohnte in der ersten Etage eines der drei betongrauen vierstöckigen Mietshäuser nahe der beiden Supermärkte und dem Kiosk.

Malin rannte die wenigen Treppenstufen von der Haustür zur Wohnungstür hinauf, ließ den rosa Rucksack zwischen Stiefeln und Schuhen fallen, die links von den Jacken ordentlich aufgereiht standen. Ihre eigenen Turnschuhe warf sie mitten auf dem Fußboden von sich. „Hallo!" rief sie. „Ist jemand zu Hause?"

Keine Antwort.

Von der Küche aus sah sie, daß die Tür zum Schlafzimmer der Eltern geschlossen war. Sie schlug die Tageszeitung auf und blätterte zerstreut. Mutter hatte also Migräne. Jetzt lag sie da drinnen hinter heruntergezogenem Rollo, ein Kissen auf dem Kopf, in den Ohren vielleicht die gelben Stöpsel aus der Apotheke. Die Familie Bergström-Johansson hatte dann trübe vierundzwanzig Stunden vor sich. Vielleicht zwei Tage lang. Ein Schleichen und Gezischel war das, keine Kassetten oder Radiomusik und die kleinen Geschwister, Emil und Karin, würden nicht drinnen spielen dürfen. Aus alter Gewohnheit blätterte Malin die Zeitungsseiten mit größter Vorsicht um, damit das Geraschel die Mutter nicht störte.

„Malin!"

Behutsam tappte Malin zur Schlafzimmertür. „Ja."

„Komm ein bißchen herein."

Vor dem Fenster hing eine Wolldecke.

„Hast du Migräne? Möchtest du etwas haben?" fragte Malin.

„Nein."

„Was wolltest du denn?"

„Der Direktor hat angerufen. Du hast also wieder mal etwas angestellt!" Ein grauweißes Gesicht mit zwei blassen Augen, gepeinigt von Kopfschmerzen, wurde am Kopfende des Doppelbettes sichtbar.

„Aber Mama, ich hab nicht ..."

„Daß du nie erwachsen wirst! Der Direktor hat gesagt, du bist frech gegen eine Lehrerin gewesen. Du hast sie so beleidigt, daß sie nach Hause gehen mußte. Wie kannst du nur! Als ob man nicht schon genug Kummer hätte. Wenn du wüßtest, wie furchtbar das ist, Migräne zu haben, würdest du dich zusammenreißen."

„Ja, aber Mama, ich hab wirklich nichts getan! Die alte Lappenlisa hat behauptet, ich hätte eine leere Bonbontüte auf den Tisch gelegt, so eine, die ordentlich knistert. Aber ich bin das nicht gewesen, Sussi hat sie aus irgendeinem Grund auf meinen Tisch gelegt. Und als ich klarstellte, wie es gewesen ist, drehte die Lappenlisa durch. Die spinnt doch. Ehrlich, ich hab die Wahrheit gesagt. Und was geht es übrigens sie an, ob da eine Tüte auf einem Tisch liegt? Aber die ist so, die kann nichts vertragen. Nie hört sie zu, wenn man was sagt, und sie wird schon verrückt, wenn man nur hustet. Das war so, sie hat gesagt ..."

„Ja, ja, hör auf mit den Ausreden, das ist jetzt zuviel für mich. Ich weiß ja, wie du bist. Und selbst wenn es diesmal zufällig nicht deine Tüte gewesen ist, hättest du sie ja trotzdem wegnehmen können. Dann wäre uns der Ärger erspart geblieben, und ich müßte nicht hier liegen. Manchmal ist es besser, wenn man den Mund hält, Malin, selbst wenn man im Recht ist. Um Unfrieden und Unannehmlichkeiten zu vermeiden. Wenigstens das sollte man gelernt haben. Und wie ich dir hier zu Hause dauernd nachräumen muß, da kann ich mir schon vorstellen, daß du die in der Schule zur Weißglut reizt. Da läßt du wahrscheinlich auch alles einfach hinfallen, nehme ich an."

„Aber ..."

„Ja, ja", sagte Malins Mutter seufzend. „Es ist, wie es ist. Doch jetzt kann ich nicht mehr reden. Sei so nett und mach die Tür vorsichtig zu. Und klappere nicht mit dem Geschirr in der Küche. Meine Kopfschmerzen sind wirklich furchtbar!"

Malin blieb einige Sekunden stehen, ehe sie sich in die Küche zurückzog. Sie hatte Lust, die Wolldecke vom Fenster zu reißen, es zu öffnen und hinaus auf den Hof zu schreien, daß sie nicht schuld war, daß sie nichts getan hatte und alle Erwachsenen Idioten waren. Aber sie sagte nichts, sondern schlich aus dem Zimmer und machte die Tür vorsichtig hinter sich zu.

Malin wußte aus bitterer Erfahrung, daß es für sie selbst am schlimmsten wurde, wenn sie ihre Mutter noch weiter reizte. Die ganze Familie würde darunter leiden, wenn sie die Verlängerung der Migräne auslöste. Diese verdammte Schule! Man müßte auf alles pfeifen, einfach abhauen. Sollten die doch aneinander rummeckern, wie sie wollten!

Aber Amie! Amie konnte sie nicht verlassen.

Malin ging zu dem Verschlag im Keller, der zur Wohnung gehörte. Dort hatte sie ihre Reitsachen, und dort zog sie sich um. Beide Geschwister, Emil und Karin, acht und sieben Jahre alt, waren allergisch gegen Tierhaare, und deswegen mußte Malin sich im Keller umziehen, wenn sie aus dem Stall nach Hause kam. Und dann mußte sie duschen. Deswegen trug sie ihr Haar immer ganz kurzgeschnitten, damit es schneller trocknete.

Malins Haar hatte eine goldene Tönung, ihre Augen waren sehr blau. Sie war nicht aschblond, nicht weizenblond oder madonnaweiß. Ihr Haar hatte die gleiche Farbe wie der Verlobungsring ihrer Mutter. Malins richtiger Vater war schon verschwunden, als sie gerade geboren war, und als Malin sieben Jahre alt war, war Hans mit Malins Mutter zusammengezogen. Er war der Vater von Emil und Karin.

Malin wußte, daß ihr Vater in Stockholm wohnte, daß er irgend etwas mit Computern zu tun hatte, und eine neue Familie hatte er auch. Aber das war das einzige, was sie wußte. Wenn ihre Mutter mehr wußte, ließ sie es sich jedenfalls nicht anmerken. Sie sprach nie über Malins Vater.

Amie wartete. Sie brauchte Malin. Und deswegen fuhr Malin so schnell wie möglich wieder zu Elofssons Stall.

Das graue Pony stand in seiner Box. Sara und einige andere Pferde waren auf der Weide. Amie stand still und schonte das rechte Bein. Als Malin mit dem Putzzeug zu ihr ging, zuckte die Stute zusammen, als ob sie geschlafen hätte und plötzlich unsanft geweckt worden wäre. Bedrückt stellte Malin fest, daß das graue Pony nicht richtig auftreten konnte, obwohl die Schwellung nach dem Umschlag schon etwas zurückgegangen war.

Malin bürstete Amie gründlich, mit langen, gleichmäßigen und heute besonders sanften Strichen. Sie waren allein im Stall. Die Sonne durchdrang den Schmutz am Stallfenster, und die Schatten der altmodischen Sprossen, die das Fenster in kleine Vierecke teilte, zeichneten ein quadratisches Muster auf das Fell der Grauschimmelstute.

Die Ruhe im Stall, Amies Vertrauen zu Malin, ihre Vertrautheit und Freundschaft waren wie ein Pflaster auf Malins verwundeter Seele. Amie war ihre beste Freundin. Leise sprach sie mit der kleinen Stute.

Plötzlich wurde die Stille von einem Wagen gestört, der auf den Hof gefahren kam. Eine Autotür wurde zugeschlagen, und dann kam noch ein Wagen. Gleich darauf kam Gustav Elofsson herein, diesmal mit erstaunlich freundlicher Miene. Hinter ihm ging ein dunkelhaariger Mann, ein John-Lennon-Typ mit runden Brillengläsern und Drahtgestell und einem graugesprenkelten Vollbart. Er sah sich ein bißchen ratlos um, als er vor Malin stand.

„Wie schön, daß du da bist und dich um Amie kümmerst", sagte Elofsson freundlich.

Überrascht von seinem milden Ton, ließ Malin die Bürste auf Amies Widerrist ruhen. „Ja?" fragte sie erstaunt.

„Hier ist sie also", sagte Elofsson, an den Besucher gewandt, der bei der Boxtür stehengeblieben war.

„So, das ist also Amie. Gut sieht sie aus."

„Natürlich ist sie schon älter", fuhr Elofsson fort und strich ihr über die Flanke. „Aber für ihre sechzehn Jahre ist sie noch ganz schön munter und frisch."

Vorsichtig betrat der Mann die Box. Er streckte Malin die Hand hin. „Hallo, ich heiße Sten Andersson."

Malin wischte sich die rechte Hand am Hosenbein ab und begrüßte den Mann. „Hallo", sagte sie verlegen. Sie kam nicht auf die Idee, ihren Namen zu nennen.

Sten Andersson kratzte sich nachdenklich an der Wange. „Ja, ich versteh nicht viel von Pferden, aber das hier scheint ja ein gutes Pferd zu sein", sagte er.

„Ja, sehr gut", sagte Malin. „Aber eigentlich ist es kein Pferd, jedenfalls wenn man es genau nimmt."

„Was? Das ist kein Pferd?" fragte der Mann verwirrt.

„Nein, Pferde sind größer. Sie ist ein Pony", erklärte Malin. „Aber die meisten nennen Ponys Pferde. Jedenfalls sind alle mit einsachtundvierzig oder kleiner Ponys."

„Sie meint das Stockmaß!" erklärte Elofsson.

„Ach so", sagte Sten Andersson. Aber Malin hatte das Gefühl, als ob ihn die Erklärung auch nicht schlauer gemacht hätte. Wahrscheinlich hatte er keine Ahnung, was das Stockmaß eines Pferdes oder Ponys überhaupt war.

„Ja, wenn ihr nichts fehlt ...", sagte Sten Andersson. „Ist die Stute denn gesund?"

Plötzlich zuckte es klar wie ein Blitz durch Malins Kopf.

Er war hier, um Amie zu kaufen! Ihr Atem stockte. „Sie wollen Amie doch nicht verkaufen?“ fragte sie Elofsson tonlos.

„Doch“, antwortete Elofsson. „Sten ist interessiert. Und weil ich gerade noch eine Box an jemanden vermieten kann, fand ich, es sei eine gute Gelegenheit, sie zu verkaufen. Ich wollte sowieso keine Welsh Ponys mehr züchten.“

„Aber sie ist krank!“ rief Malin außer sich. „Sie können sie erst verkaufen, wenn sie wieder gesund ist!“

„Sie ist krank?“ fragte der Interessent Andersson mißtrauisch.

„Sie hat eine Gelenkschwellung“, sagte Malin. „Das wird einige Zeit dauern. Aber die letzten Wochen ist es ihr sehr schlecht gegangen, und sie ist noch lange nicht wieder gesund. Natürlich darf sie nicht geritten werden. Sie kann auch nicht auftreten!“ Ihre Stimme zitterte.

„Quatsch“, sagte Elofsson schnell. „Es ist nicht mehr schlimm, finde ich. Ich meine, sie geht schon wieder gut.“

Malin bückte sich und berührte Amie am Huf. Amie reagierte, indem sie den Fuß ganz schnell zurückzog. „Sehen Sie doch“, rief sie. „Man kann sie kaum am Bein berühren.“

„Das ist dumm“, sagte Sten Andersson und machte einen Schritt zurück, zur Box hinaus. „Dann lassen wir es lieber, Elofsson. Ein krankes Pferd ... oder Pony möchte ich nicht gern kaufen. Wir wollten Eva, meine Tochter, zum Geburtstag überraschen. Sie hat so viel von diesem Pferd erzählt. In diesem Herbst ist sie sehr oft hier geritten.“

„Eva Andersson!“ rief Malin.

„Ja, genau. Kennst du sie?"
„Eine kleine Blonde?"
„Ja, stimmt."
„Das war ja sie, die Amie total überfordert ..."
„Genug geredet", unterbrach Elofsson sie. „Du redest eine Menge Blödsinn, Malin." Seine Mundwinkel waren in ihre gewöhnliche Position zurückgerutscht. Er wandte sich zu Eva Anderssons enttäuschtem Vater um. „Es kann schon sein, daß die Stute im Augenblick nicht hundertprozentig fit ist. Aber ich garantiere dir, daß deine Tochter in wenigen Tagen mit ihr galoppieren kann, als ob nichts gewesen wäre."
„Niemals!" protestierte Malin erbittert.
„Jetzt hältst du aber den Mund, Mädchen!" schrie Elofsson und machte einen drohenden Schritt auf sie zu. „Als ob du mehr von Pferden verständest als ich! Ich hab fünfzig Jahre meines Lebens mit Pferden verbracht. Was ist das überhaupt für ein Benehmen!"
Den möglichen Käufer hatte Gustav Elofssons Ausfall mehr erschreckt als Malin. Rasch zog er sich zum Ausgang zurück. „Ich habe kein Interesse mehr", sagte er. „Schade, wir haben gerade einen kleinen Hof gekauft, auf dem Platz für ein Pferd wäre. Aber wir können ja wiederkommen, wenn die Stute wieder gesund ist."
„Nur noch ein paar Tage", versicherte Elofsson und folgte Sten Andersson hinaus.
Malin hörte, wie Elofsson seine Überredungsversuche draußen vor dem Stall lautstark fortsetzte.
Als eins der Autos gestartet und weggefahren war, wartete Malin zitternd darauf, daß Elofsson wiederkommen und sie beschimpfen würde. Sie stellte sich zwischen Amie und die Boxöffnung. Amie sollte nicht wie

eine Art Schild vor ihr stehen. Sie hatte nicht direkt Angst, Elofsson könnte sie schlagen, aber er war so groß und breit, und wenn er wütend wurde, was er jetzt sicher war, dann konnte er sehr unangenehm sein. Malin wußte, daß sie die Wahrheit gesagt hatte, aber an diesem Tag schien die Wahrheit nicht besonders gefragt zu sein. Weder in der Schule noch zu Hause und auch nicht im Stall.

Elofsson kam aber nicht wieder. Und nach einer Weile fuhr Malin fort, die graue Stute zu putzen. Mit hängendem Kopf stand Amie da. Bestimmt hat sie Schmerzen, dachte Malin mitleidig. Da wäre diese schreckliche Eva also fast die Besitzerin von Amie geworden! Malin dachte, daß es ein Riesenglück gewesen war, daß sie zufällig im Stall war, als Evas Vater kam. Außer für Elofsson vielleicht. Doch was sollte aus Amie werden, wenn sie irgendwo hinkam, wo niemand das Geringste von Pferden verstand? Zu einem Mädchen, das ein Pony rücksichtslos trainierte, bis es überfordert war und krank wurde. Malins Kehle zog sich zusammen. Sie schmiegte das Gesicht an Amies dichte Mähne. Das durfte einfach nicht passieren. Sie legte das Putzzeug weg und gab ihrer Freundin einen halben Apfel. Amie nahm ihn zwar, aber sie kaute ohne Appetit.

Malin verließ den Stall. Sie wollte allein sein und ging zum Wald. Sie nahm einen Weg, der nach etwa einem Kilometer zu einigen Sennhütten führte. Vor langer Zeit hatten die Bauern Milch von den Sennhütten ins Dorf gebracht, in dem es eine kleine Meierei gegeben hatte. Immer noch waren die tiefen, schmalen Spuren von den eisenbeschlagenen Rädern der Milchkarren zu sehen.

Nach einiger Zeit war der Weg von Birken und Espen

und dichtem Unterholz zugewachsen, und Malin kehrte um. Die Sonne ging gerade unter, ihre Strahlen wärmten aber immer noch ein wenig.

Als Malin zurück zum Stall kam, war dort die Abendfütterung in vollem Gange. Alle versorgten ihre Pferde, misteten die Boxen aus oder bewegten die Ponys in dem kleinen Paddock vor dem großen Stall.

Malin erzählte Kattis, daß Elofsson versucht hatte, Amie zu verkaufen.

„So ein gemeiner Kerl!" rief Kattis aufgebracht. „Aber er wird sie sicher verkaufen, sobald sie wieder gesund ist. Darauf wette ich!"

Ja, das war klar. Es blieb Malin nichts anderes übrig, als die bittere Wahrheit zu akzeptieren. Es war nur noch eine Frage der Zeit, dann war Amie fort. Es war undenkbar, daß Malin die kleine graue Stute kaufen könnte. Sie hatte weder das Geld für die Ponystute selbst noch für ihren Unterhalt. An die Trennung von ihrer besten Freundin wollte Malin noch nicht denken.

Malin blieb noch lange bei Amie in der Box. Stumm setzte sie sich ins Stroh neben die kleine Stute. Malin mochte einfach noch nicht nach Hause gehen, zu Migräne und bedrücktem Herumschleichen. Aber schließlich knurrte ihr der Magen vor Hunger, und sie stand auf und verabschiedete sich von Amie. Ganz langsam radelte sie nach Hause, an den Supermärkten vorbei, die an der Landstraße lagen.

Vom Kiosk her roch es nach Bratwurst, und ein Schild warb mit einem Sonderpreis für Pfefferminzschokolade.

Noch ein Schlenker nach rechts, und sie war zu Hause. Zwischen den parkenden Autos spielten Emil und Karin mit ein paar Freunden. Malin fragte im Vorbeifahren, ob sie Mittag gegessen hätten.

„Schon lange!" war die Antwort. „Überbackener Fisch. Aber wir haben dir was übriggelassen."

„Wie geht es Mama?" fragte Malin die beiden.

„Pst!" Karin legte den Zeigefinger auf den Mund, und Malin brauchte keine weiteren Erklärungen.

Dann aß sie ihren überbackenen Fisch. Von draußen tönten die fröhlichen Schreie der spielenden Kinder herein, aber hier drinnen in der Wohnung wurde die Stille nur von Hans unterbrochen, der im Wohnzimmer saß und in der Zeitung blätterte.

Malin und Hans sprachen wenig miteinander. Alle praktischen Fragen klärte Malin mit ihrer Mutter. Und wenn die Mutter in einer Angelegenheit, bei der es um Malin ging, Hilfe brauchte, fragte sie Hans.

Vor Jahren war Malin mit der Mutter nach Hälledal gezogen. Vorher hatte sie bei ihrer Großmutter in dem kleinen Haus in Nyvallen gelebt. Malins Mutter hatte auch dort gewohnt, bis sie Hans getroffen hatte und mit ihm zusammengezogen war. Sie hatte wieder ein Kind erwartet, und Malin mußte bei der Großmutter bleiben. Anfangs war es so geplant gewesen, daß sie zu den beiden ziehen sollte, wenn das neue Kind geboren war. Aber es sollte noch Jahre dauern, ehe sie Nyvallen verließ.

Daß sie so lange blieb, lag daran, daß die Mutter kaum mit Emil und Karin fertig wurde. Und die Großmutter war froh, daß sie Malin noch bei sich hatte. Aber als Malin elf wurde, wurde entschieden, daß sie endlich nach Hälledal ziehen sollte.

Der Tag, an dem die Mutter mit Hans' grünem Saab nach Nyvallen hinaufkam, war ein richtiger Festtag für Malin. Sie freute sich. In ihrem Körper sang es, als sie die Koffer zum Auto trug. Sie hatte schon an Wochenenden und in den Ferien bei der Mutter und Hans gewohnt, aber jetzt sollte sie für immer hinziehen! Sie würde zur Familie gehören.

Daß die Großmutter weinte, als sie davonfuhren, konnte Malins Freude kaum dämpfen. Sie wollte, daß sie so schnell wie möglich abfuhren. Ungeduldig wartete sie, während die Erwachsenen eine Tasse Kaffee nach der anderen tranken. Und erst sehr viel später schämte sich Malin, wenn sie an die Großmutter dachte, daß sie so froh gewesen war, von ihr fortzuziehen.

Am Morgen nach dem Krach mit der Lehrerin Lappenlisa frühstückte Malin allein gegen sechs Uhr. Das war ein Tag, an dem Hans schon um vier bei der Bäckerei anfangen mußte. Die Mutter und die Kinder standen immer erst um sieben auf.

Malin schlug ihr Physikbuch auf, während der Kakao auf dem Herd warm wurde. Es ging um Atome, das war langweilig. Sie klappte das Buch zu, ohne sich die Bilder angesehen zu haben.

Nachts hatte es geschneit. Nur eine hauchdünne Schicht Schnee war liegengeblieben. Aber es reichte, um den Boden zu bedecken, die Zweige der Bäume, die Hausdächer, die Autos auf dem Parkplatz, die Fahrräder im Fahrradstand und alle vergessenen, verstreuten Spielsachen der kleinen Kinder vom Abend vorher.

Malin hatte den ersten Schnee gern. Es wurde gleichsam innen und außen heller. Es dämmerte gerade, als sie auf den Hof kam. Der Himmel war nach dem Schneefall aufgerissen, und sie sah einige blasse Sterne hoch oben leuchten. Sie erriet, daß es ein strahlender Morgen werden würde, wenn die Sonne sich endlich für ein paar Stunden zeigte.

Den Rucksack auf dem Gepäckträger festgezurrt, fuhr Malin zum Stall. Es war Freitag, der letzte Schultag vor den Herbstferien in der kommenden Woche. Sie wollte schnell nach Amie sehen, bevor die Schule begann.

Während der Ferien würde sie nachmittags Sara reiten und darauf achten, daß auch Amie genügend Bewegung bekam, wenn sie wieder auftreten konnte. Vielleicht würde sie mit Longierübungen anfangen, mehr war nicht geplant. Wenn Elofsson Amie nur nicht verkaufte!

Die Mutter wollte einige Tage zu einer von Hans' Schwestern in Härnösand fahren, zusammen mit den beiden Kleinen, Emil und Karin. Malin freute sich darauf, einmal allein zu sein, ohne Mutter und jüngere Geschwister. Dann war es ruhiger. Hans störte Malin nicht. Wenn er und Malin allein zu Hause waren, gingen sie sich meistens aus dem Weg. Jeder kümmerte sich um sich selbst und redete nicht mehr als das Notwendigste mit dem anderen.

Im Stall traf Malin Kattis. Das Mädchen hatte nach Silver geschaut, der schon eine Zeitlang müde wirkte und wenig gefressen hatte.

„Was ist mit dir los?" fragte Kattis. „Das ist doch nicht dein Tag heute? Annelie ist schon hier gewesen und hat gefüttert."

„Ich wollte bloß nach Amie sehen", sagte Malin. „Weißt du übrigens, ob Elofsson gestern wieder versucht hat, sie zu verkaufen?"

„Nein. An wen denn?"

„An den Vater von Eva Andersson."

„Ja, also, du ..." Kattis zögerte, sie zeichnete mit dem Schuh ein Sternenmuster in den Schnee. In den Abdrücken quoll Schmelzwasser hoch. „Aber ich weiß was anderes", sagte sie dann und betrachtete angestrengt ihr Kunstwerk. „Nächste Woche kommt ein neues Pferd! Ein englisches Vollblut. Es gehört einer

3 10270-9

Familie aus dem Süden, die hierher zieht. Es soll ein ganz tolles Pferd sein."

„Aber da ist ja keine Box mehr frei", sagte Malin.

„Er nimmt Amie weg!"

„Wie ... wegnehmen?"

„Er bringt sie zum Schlachthof. Heute morgen war er im Stall und hat es Annelie erzählt. Sie war ganz verzweifelt, als sie es mir wiedererzählte. Und ich finde das auch entsetzlich. Nur weil Amie diesem neuen Pferd im Weg ist, soll sie sterben."

Malin war sprachlos. Konnte das stimmen? Aber es konnte stimmen – was kümmerte Gustav Elofsson so ein Pony? Oder daß sie und Annelie und die anderen, die Amie versorgten und sie ritten, traurig wurden.

„Es wird noch mehr Veränderungen geben", sagte Kattis. „Die, denen ein Pferd gehört, sollen sich morgens mit dem Füttern abwechseln. Elofsson hat zu Annelie gesagt, er ist es leid, daß hier dauernd ein Haufen Kinder rumstehen. Ich nehm an, er gibt Sara auch bald weg, jetzt wo er keine Fohlen mehr haben will, weder von ihr noch von Amie. Aber ich muß los. Tschüs!"

Der Schnee war naß und matschig, und Kattis Fahrrad hinterließ dunkle Spuren. Malin bereute es, daß sie Eva Anderssons Vater daran gehindert hatte, Amie zu kaufen. Wenn sie den Mund gehalten und nicht die Wahrheit gesagt hätte, hätte das Pony weiterleben können.

Gustav Elofsson war ein gewissenloser Mörder! Malin stampfte mit dem Fuß im Schneematsch auf, daß es ihr bis zu den Hosenbeinen hinauf spritzte.

Da kam er aus seinem Haus, schloß die Tür. Er war auf dem Weg zu seiner Arbeit als Wachmann bei der Gemeindeverwaltung.

Malin schnitt ihm den Weg zu seinem Auto ab. „Stimmt es, daß Sie Amie schlachten lassen wollen?" fragte sie.

„Ja!" Elofsson schloß die Autotür auf.

„Warum können Sie nicht ein bißchen warten und sie verkaufen, wenn sie gesund ist? Sie haben doch selbst zu diesem Andersson gesagt, daß es ihr in wenigen Tagen wieder gut geht!" Malin war überrascht von ihrem eigenen Mut. Keines der anderen Mädchen, die nur bei Elofsson ritten und kein eigenes Pferd besaßen, hätten sich getraut, ihm mit solchen Vorwürfen zu kommen.

„In gut einer Woche kommt ein neues Pferd. Bis dahin muß sie weg sein!" Elofsson ließ sich in den Fahrersitz seines grauen Volvo fallen. Das Auto ging richtig ein bißchen in die Knie von seinem Gewicht.

„Ja, aber kann sie nicht solange auf der Stallgasse stehen ... bis sie wieder gesund ist?" sagte Malin drängend.

„Sie hat ein gewisses Alter, da ist es schwer, sie zu verkaufen!" Er legte den Sicherheitsgurt an und startete den Motor. „Wenn ich sie verkaufe, kriege ich sowieso nicht mehr als den Schlachtpreis für sie", sagte er. „Jetzt muß ich fahren."

„Und wieviel ist das?" fragte Malin mit einem Kloß im Hals.

„Ein paar Tausend. Aber sie würde mich eine Menge mehr kosten, wenn ich sie jetzt nicht verkaufe. Futter, entgangene Stallmiete für das neue Pferd, Tierarzt und Hufschmied. Ich muß auch mal an mich denken, nicht nur an dich und deine Freundinnen."

„Aber wenn ich sie kaufe?" Das war Malin plötzlich so herausgerutscht, als Elofsson den Rückwärtsgang einlegte und die Tür zuschlug.

„Warten Sie!" Malin klopfte gegen das Seitenfenster.

Elofsson drehte es herunter.

„Wenn *ich* sie für zweitausend kaufe?" schrie Malin.

„Hast du das Geld denn? Und wo hast du einen Stallplatz?" fragte Gustav Elofsson mißtrauisch.

„Das kriege ich schon hin", sagte Malin. „Wenn Sie sie nur nicht zum Schlachthof bringen!"

„Also gut. Ich bin ja kein Unmensch. Wenn du das Geld bis Montag bringst, geht es in Ordnung. Um vier Uhr am Montagnachmittag kommt der Wagen vom Schlachthof!" Die Scheibe ging hoch, und Elofsson fuhr davon zu seiner Arbeit.

Amie hatte ihr Morgenfutter gefressen und wirkte munterer als sonst so oft. Malin betastete ihr Bein, aber Amie schien immer noch Schmerzen zu haben und zog das Bein zurück, sobald Malin sie etwas fester abtastete.

Zweitausend, und noch ein Haufen Geld für die Stallmiete und das Futter! Wie sollte sie das schaffen? Sie hatte zwar achttausend Kronen auf dem Sparkonto, aber die hatte die Mutter für sie vom Kindergeld gespart. Die würde Malin nie kriegen, um Amie zu kaufen. Vielleicht mußte sie sich einen Job suchen? Putzen oder Babysitten. Wenn sie nur Geld dafür bekam!

An diesem Tag war Malin in der Schule noch abwesender als sonst. Aber niemand merkte, daß sie ungewöhnlich zerstreut war, denn am letzten Tag vor den Ferien herrschte unter den Schülern eine träge Stimmung und eine Art gedämpfter Ausgelassenheit unter den Lehrern. In der nächsten Woche hatten die Lehrer zwar Fortbildungstage, aber das würde eine wahre Entspannung sein gegen den Umgang mit den anstrengenden Schülern!

Malin grübelte unausgesetzt darüber nach, wie sie Amies Leben retten könnte. Zusammen mit Annelie, die in die Siebte ging, versuchte sie sich eine Lösung auszudenken. Aber so sehr sie auch nachdachten, ihnen fiel nichts ein. Es sah schlecht aus für das graue Pony.

Beim Mittagessen rückte Malin mit einem Vorschlag heraus. Sie leitete ihre Begründung ein, indem sie erzählte, was für ein furchtbarer Mann Gustav Elofsson war. Ein egoistischer, geiziger und gefühlloser Kerl, der nur an seinen eigenen Vorteil dachte.

„Aber wie kann er bloß so sein!" rief die Mutter aufgebracht. „Hat er denn kein Herz im Leib?"

„Ja, es ist wirklich eine Schande", sagte Hans.

„Ich hab mir gedacht, wenn ich ein bißchen Geld von meinem Sparbuch abheben darf, dann könnte ich sie retten", sagte Malin schnell. „Ich kann mir einen Job suchen, dann kommt das Geld wieder rein. Ich leihe es mir sozusagen nur. Und wenn Amie wieder gesund wird, kann ich sie auch verkaufen!" Natürlich sagte sie das nur so. Nie, nie würde sie Amie verkaufen.

„Mädchen, verstehst du nicht, daß es so nicht geht", sagte die Mutter. „Du kannst das Pony doch nirgends unterstellen. Und bei der Allergie, die es in unserer Familie gibt ..."

„Und dann noch die Kosten für den Kauf!" sagte Hans. „Futter und alles andere!"

„Wir könnten sie ja in der Garage unterbringen", sagte Karin hoffnungsvoll. „Dein Auto steht doch nie da."

„Und wir können Gras für sie von dem Platz hinterm Parkplatz rupfen", sagte Emil. „Da wächst genug!"

„Ihr habt viel Phantasie, ihr drei", Hans lachte. „Aber ich kann dir leider nicht helfen, Malin. So traurig das ist, aber ich fürchte, du mußt einsehen, daß du auch nichts tun kannst."

„Nein!" sagte Malin verbissen. „Das sehe ich nicht ein! Ich weiß, daß ich was tun kann. Wenn ich nur ein paar Tausend von meinem Konto abheben darf! Von meinem eigenen Geld", fügte sie hinzu.

„Eigen, eigen", sagte die Mutter säuerlich. „Schließlich hab ich das Geld zusammengespart. Und es war wahrhaftig nicht leicht, darauf zu verzichten. Ich hab's nicht gerade für ein Pferd gespart. Wo du außerdem viel zu groß bist, um dieses Pony zu reiten. Das hast du uns selbst gesagt."

„Ich will das Geld doch bloß leihen!" rief Malin. Ihre Stimme zitterte.

„Klar", sagte Hans ironisch. „Hol das Pferd nur her. Ich möchte bloß wissen, was unser Vermieter sagen wird, wenn wir ein Pferd in der Garage haben!"

„Ich bringe es zu Großmutter", sagte Malin verzweifelt.

„Großmutter?" fragte die Mutter erstaunt. „Ist sie denn einverstanden, sich um das Pferd zu kümmern?"

„Den alten Stall gibt's ja noch", sagte Malin. „Und einen Weideplatz findet man immer. Ich kann an den Wochenenden bei ihr sein, und während der Woche könnten Mia und Eva sich um Amie kümmern. Die wohnen ganz in der Nähe."

„Ist das dein Ernst?" Die Mutter starrte Malin an. „Hast du vielleicht schon mit Großmutter gesprochen?"

„Nein, das hab ich nicht", gab Malin zu. „Aber ich glaube, daß es so gehen könnte!"

„Mich würde es wundern, wenn sie darauf eingeht", sagte die Mutter. „Du kannst sie allerdings um den Finger wickeln. Aber es wird trotzdem nichts. Du mußt wieder auf die Erde runterkommen, Malin! Ein für allemal: Es wird nichts draus! Und jetzt reden wir von etwas anderem."

„Ja, das finde ich auch", sagte Hans. „Was gibt's zum Nachtisch?"

Am nächsten Tag schlief Malin bis zwölf. Sie frühstückte und radelte dann zum Stall. Alle Mädchen in Elofssons Stall waren traurig und bedrückt wegen Amie. Aber niemand konnte etwas tun. Als Malin hereinkam, weinte Annelie, die Arme um Amies Hals geschlungen. Ihr Weinen wirkte ansteckend, und bald schluchzten mehrere andere Mädchen, die in den Boxen putzten und kratzten. Dieser Samstag war ein Trauertag in Elofssons Stall.

Sonntagabend half Kattis Malin und Annelie mit Amie. Eigentlich brauchten sie keine Hilfe, aber Kattis betrachtete ihre Hilfe als symbolische Handlung. Es war ein Abschied. Sie misteten Amies Box sorgsam aus, jeden einzelnen Strohhalm, und bedeckten den Boden mit neuen, nach Holz duftenden Sägespänen. Eine ganz dicke Schicht streuten sie ein. Die Mädchen wußten, daß Elofsson wütend werden würde, wenn er das sah. Aber das war ihnen egal.

Annelie hatte eine Tüte Zwieback dabei, mit dem sie Amie fütterte. Als Malin und Annelie den Stall verließen, waren sie sich bewußt, daß es zu Hause in beiden Familien Krach geben würde, weil sie zu spät zum Mittagessen kamen. Aber es war ein gutes Gefühl, fast wie ein Opfer für ihre zum Tode verurteilte kleine Freundin.

Malin hatte kein Wort mehr über Amie gesagt, seitdem die Mutter und Hans entschieden hatten, daß sie Amie nicht kaufen durfte. Aber sie dachte um so mehr an das graue Pony.

In der Nacht zu Montag konnte sie nicht schlafen. Bevor der Laster vom Schlachthof kam, war noch nichts entschieden. Und plötzlich hatte sie eine Idee!

Sie machte die Nachttischlampe an und schlich hinaus ins Wohnzimmer. Im Bücherregal gab es ein Fach für Zeitschriften und Karten. Eine Weile suchte sie, ehe sie fand, was sie wollte. In dem Augenblick schlug die Wanduhr dreimal. Beim ersten Schlag zuckte Malin zusammen. Noch nie hatte sie die Uhr so durchdringend schlagen gehört. Daß nicht alle aufwachten!

Mit der Karte in der Hand tappte sie zurück in ihr Zimmer und knipste die Schreibtischlampe an. Sie breitete die Karte vor sich aus. Würde es gehen? Doch, ganz bestimmt. Wenn das Wetter sich nur hielt. Der Schnee, der Freitag gefallen war, war jetzt verschwunden. Von Süden wehte ein warmer Wind, und das Thermometer zeigte auf zehn Grad plus. Natürlich bestand die Gefahr, daß plötzlich der Winter hereinbrach, aber das Risiko mußte sie auf sich nehmen. Schließlich ging es für Amie um Leben und Tod.

Malin beschloß, es zu versuchen.

Sie kippte den Inhalt ihres Schulrucksacks aufs Bett und stopfte statt dessen ein bißchen Kleidung hinein. Der Rucksack wurde proppenvoll, viel schneller, als sie gedacht hatte. Aber das war nicht zu ändern. Sie ging mit ihrem Gepäck leise zur Treppe, ließ die Tür ihres Zimmers hinter sich angelehnt und lief hinunter zur Vorratskammer. Schnell wieder nach oben. Es war bald vier, und dann würde Hans' Wecker klingeln. Als Malin gerade vorsichtig die Wohnungstür schloß, klingelte er, und das bedeutete, daß der Bäcker aufstehen mußte, um den Teig für die Brote von heute anzusetzen. Hans stand immer gleichzeitig mit dem Weckerklingeln auf, und Malin hörte noch das Schlurfen seiner Pantoffeln, als sie gerade in ihr eigenes Zimmer geschlüpft war.

Sie kroch wieder in ihr Bett. Du mußt schlafen, sagte sie sich, soviel wie möglich schlafen. Aber das war schwierig. Ihr Kopf war voller Pläne und Überlegungen. Da waren so viele Dinge, die bedacht werden mußten. Die Uhr im Wohnzimmer schlug vier, halb fünf und fünf. Beim fünften Schlag stand Malin auf und machte ihr Bett: Das Laken hatte sich auf der einen Seite der Matratze zu einer einzigen langen Wurst aufgedreht, dort wo sie gelegen und sich rastlos herumgewälzt hatte. Dann legte sie sich auf den Bauch, den Kopf neben dem Kissen, und schlief allmählich ein.

Sie wurde wach, weil ihre Mutter neben dem Bett stand. „Ich geh einkaufen", sagte sie. „Emil und Karin kommen mit, und um drei fahren wir nach Härnösand."

„Wie spät ist es?" fragte Malin verschlafen.

„Eins! Ich fand, ich müßte dich wecken, damit du aus dem Bett kommst, ehe es dunkel wird!"

„Eins!" Malin sprang aus dem Bett. Zur großen Überraschung ihrer Mutter raste sie ins Bad, drehte die Dusche voll auf und war in wenigen Sekunden hellwach.

„Ich fahre zu Großmutter!" rief Malin aus dem Bad, während sie sich hastig abtrocknete.

„Was hast du gesagt?" Die Mutter stand in der Türöffnung.

„Ich fahr heute zur Großmutter. Und bleibe bis Samstag oder Sonntag."

„Aber sie fliegt doch Sonntag auf die Kanarischen Inseln! Glaubst du, sie kann dich dort gebrauchen, während sie beim Packen ist?"

Malin hörte auf, sich abzutrocknen. Das war ein Strich durch ihre Rechnung. Na ja, da konnte man nichts machen. Wenn sie nur rechtzeitig alles schaffte! Jetzt hatte sie sowieso keine Zeit mehr, darüber nachzudenken, was es eventuell zur Folge haben könnte, daß Großmutter verreisen wollte.

Es war nach eins. Malin stand, ins Badetuch gewickelt, ein Käsebrot in der einen Hand, den Hörer in der anderen, am Telefon. „Hallo, Großmutter! Ich wollte dich für ein paar Tage besuchen. Darf ich?"

„Wie schön! Aber du weißt doch, daß ich Sonntag nach Gran Canaria fliege?"

„Mutter hat's mir gerade gesagt! Aber ich komme vorher. Du, ich möchte dich um etwas bitten. Ich muß was machen, ehe ich komme. Es ist furchtbar wichtig. Aber ich möchte nicht, daß Mama jetzt schon was davon erfährt. Wenn du mit ihr telefonierst, ehe ich ankomme, sag bitte, daß ich draußen bin und gerade keine Zeit habe, mit ihr zu reden."

„Du meinst, ich soll sie direkt anlügen?"

„Das ist keine Lüge, denn ich bin dann wirklich draußen, ganz bestimmt!"

„Hm, ich weiß nicht. Was ist das für ein Abenteuer, das du dir da vorgenommen hast?"

„Das ist kein Abenteuer. Es ist überhaupt nicht gefährlich. Ich erzähle dir alles, wenn ich komme. Darf ich eine Freundin mitbringen?"

„Klar, du weißt doch, daß ich mich immer freue, wenn du kommst, und du darfst gern Freunde mitbringen."

„Und das mit Mama versprichst du?"

„Ja, ja, dann tu ich's also. Wann kommt ihr?"

„Donnerstag oder Freitag."

„Sehr schön. Viel Glück, meine Kleine, aber versprich mir, daß du vorsichtig bist! Was immer du auch tun willst."

Es war halb zwei. Schlafsack und Decke brauchte sie. Regenzeug? Nein, aber Proviant. Eine ungeöffnete Milchtüte, so ein Glück. Kein Brot vom Bäcker, das bringt Hans immer mit, sondern Knäckebrot. Ein Stück Wurst und ein paar kalte Kartoffeln. Ein Messer. Ihre Zahnbürste und Seife natürlich. Sechzehn Kronen hatte sie im Portemonnaie, das war nicht viel. Natürlich, den

Spirituskocher und Brennstäbchen. Und Streichhölzer.

Zwanzig vor zwei. Malin rannte zum Telefon. „Großmutter, könntest du mir ein bißchen Geld leihen?"

„Wieviel denn?"

„Zwei- oder dreitausend."

„Aber liebes Kind, um was geht es denn eigentlich? Jetzt fang ich aber wirklich an, mir Sorgen zu machen!"

„Ich kann noch nicht darüber reden. Es soll eine Überraschung werden."

„Nein, weißt du was! Du kannst von mir verlangen, was du willst, aber dreitausend Kronen für etwas, wovon du mir nichts erzählen willst, das geht nicht. Übrigens hab ich das Geld nicht!"

„Ach so. Na, dann tschüs, Großmutter. Bis bald!"

Viertel vor zwei. „Hallo, Annelie, hier ist Malin. Ich hab einen Plan, wie wir Amie retten können!"

. . .

„Ich erzähl's dir später. Kannst du gleich zum Stall kommen?"

. . .

„So, da hab ich geschlafen. Meine Mutter hat mir nicht erzählt, daß du angerufen hast."

. . .

„Toll! Dann ist sie bald wieder gesund. Ich erzähle dir alles, wenn wir uns treffen. In einer halben Stunde bin ich da. Übrigens, du kannst mir wohl nicht ein bißchen Geld leihen?"

. . .

„Ein paar hundert. Ich muß etwas zu essen für die Reise kaufen."

. . .

„Gut! Du kriegst es sobald wir möglich zurück. Neue

Schuhe kannst du dir immer noch kaufen. Es wird noch lange nicht Winter. Heute haben wir elf Grad Wärme. Also, bis gleich!"

Es war nach zwei. Hoffentlich fällt niemandem das Gepäck auf, und hoffentlich erzählt es niemand Mama, dachte Malin. Ich muß mich beeilen, sie können jeden Augenblick kommen, Hans auch. Wenn nur nichts vom Gepäckträger fällt! Es ist verflixt anstrengend zu fahren mit zwei Tüten an der Lenkstange. Sie hätte einen größeren Rucksack gebraucht. Und Stricke hätte sie auch mitnehmen müssen. Aber die gibt's im Stall. Außerdem die blauen Enden, die um die Heuballen waren. Das neue Heu riecht nicht besonders gut. Das kommt wohl von dem verregneten Sommer. Dieses Heu ist bestimmt nicht gut für die Pferde.

Ihre Knie stoßen gegen die Tüten. Aber es wird schon gutgehen.

Zwanzig nach zwei kam Malin endlich im Stall an. Das große Holzgebäude, das vor dreißig Jahren ein hübscher roter Farbfleck in der Landschaft gewesen war, lag düster und grau unter niedrigen nebelgrauen Wolken. Dieser Montag war ein Tag, an dem man von morgens bis abends Licht im Haus anhaben mußte. Draußen war alles naß von der feuchten Luft.

Annelie kam dicht hinter Malin hergekeucht. Annelie war klein und ziemlich rundlich, sie hatte keine so gute Kondition wie Malin. Sie war feuerrot nach der Fahrradfahrt und auch vor Neugier und Spannung.

„Hier ist das Geld!" Annelie streckte Malin zwei Hunderter hin, die viermal zusammengefaltet waren. „Was hast du vor?"

„Ich werde nicht zulassen, daß Amie stirbt", sagte Malin laut. Sie hatte das rechte Hinterbein des Ponys angehoben und untersuchte den Huf. „Sie braucht neue Eisen für den Winter. Die hier sind ziemlich abgelaufen!"

„Aber was willst du machen?" fragte Annelie gespannt.

Es war leer im Stall bis auf die beiden Mädchen und

Amie. Sara war auf der Weide, und einige der anderen Pferde waren auf einem Springwettbewerb bei einem Mädchen, das das Glück hatte, zu Hause auf dem Hof der Eltern einen Stall und einen Parcours zu besitzen.

„Ich nehme sie mit", sagte Malin ruhig. „Nehme sie mit zu meiner Großmutter."

„Du kannst sie doch nicht einfach so mitnehmen! Und wie willst du sie bis nach Nyvallen raufbringen? Was meinst du, was Elofsson dazu sagt?" fragte Annelie erschrocken.

„Das ist mir jetzt egal!" erwiderte Malin. „Aber wenn du etwas Besseres weißt ..."

„Nein, das weiß ich natürlich nicht", sagte Annelie und sah zu Boden. „Aber ist das nicht Diebstahl? Und glaubst du, daß es Amie so weit schafft?"

„Meinetwegen kann das Diebstahl sein", sagte Malin entschieden. „Ich hab jetzt keine Zeit, darüber nachzudenken. Amie muß leben! Ich tue das, was richtig ist. Ich muß es tun!"

„Ja, klar, das finde ich auch", Annelie nickte eifrig.

„Natürlich ist es weit", sagte Malin. „Wir gehen aber keine langen Strecken. Ich glaube, es sind etwa zwanzig Kilometer, und ihr Bein scheint besser geworden zu sein, sie kann wieder auftreten, das hast du selbst gesagt. Wir schaffen das schon. Wir müssen es schaffen!"

„Und was sagt deine Großmutter dazu?" frage Annelie.

„Ach, das wird sich schon finden. Ehe die Woche um ist, habe ich sie überzeugt. Und dann kann Elofsson sein dreckiges Geld haben. Ich muß Amie nur erst mal vor dem Laster des Schlachthofs retten. Und danach bringe ich alles für sie in Ordnung. Mit Großmutter kann man immer reden. Sie versteht das!"

„Es werden euch doch Leute sehen, wenn ihr unterwegs seid. All die Autos auf den Straßen ..."

„Wir nehmen den alten Forstweg hier durch den Wald", erklärte Malin. „Nach eineinhalb Kilometern kommen wir auf die Landstraße und gehen bis zu dem kleinen Dorf Sjöböle. Von dort führt ein Forstweg, auf dem auch Autos fahren können, zum Skarvfjäll hinauf. Der Weg endet erst kurz vor Nyvallen auf der großen Landstraße. Viele können uns also nicht sehen. Außerdem, was ist dabei, wenn ein Mädchen ein Pony führt? Keiner weiß, daß sie nicht mir gehört!"

„Du bist ganz schön mutig!" sagte Annelie beeindruckt. „Aber es wird mehrere Tage dauern! Wo willst du nachts schlafen?"

„Im Schlafsack. Es ist ja warm draußen. Mein Fahrrad mit dem Gepäck steht schon oben am Wald."

Annelie sah Malin mit ihren großen dunkelbraunen Augen an. „Du hast an alles gedacht!" sagte sie bewundernd. „Aber was ist, wenn der Laster vom Schlachthof kommt? Und es ist kein Pony da, das er abholen kann?"

„Das mußt du regeln!"

„Ich?" fragte Annelie verdutzt.

„Genau du!" Malin guckte auf die Uhr. „In einer Stunde kommen sie. Du bleibst hier, und wenn sie da sind, sagst du ihnen, Elofsson hätte es sich anders überlegt und würde die Stute nicht verkaufen. Dann fahren sie wieder weg. Ist doch ganz einfach!"

Im gleichen Augenblick hörte Malin zu ihrem Entsetzen, wie ein Wagen vor dem Stall hielt und eine Autotür zuschlug. Daß sie daran nicht gedacht hatte! Elofsson würde natürlich nach Hause kommen und helfen, Amie zu verladen.

Malin sah ihren ganzen schönen Plan wie ein Kartenhaus zusammenbrechen. Daß sie an diese Möglichkeit nicht gedacht hatte!

„Scheiße!“ stieß sie hervor und starrte Annelie hilflos an. Was sollten sie machen? Die Stalltür abschließen? Dem Kerl eins mit der Schaufel über den Schädel geben? Nein, nun war alles im Eimer!

Annelie stand genauso überrascht und wie gelähmt da wie Malin. Von ihr war keine Hilfe zu erwarten. Malin hockte sich erschöpft neben Amies rechtem Hinterbein hin, das Halfter der grauen Stute in der Hand.

„Ach, ihr seid hier“, stellte Elofsson fest, als er hereinkam. „Natürlich, ihr wollt euch verabschieden“, fuhr er fort, nachdem er ihre bedrückten Gesichter bemerkt hatte. „Ihr müßt nicht traurig sein, Mädchen. Denkt daran, es ist doch nur ein Pony!“

„Nur!“ rief Annelie entrüstet.

Er nickte. „Ihr müßt euch damit abfinden, daß es nötig sein kann, ein Tier schlachten zu lassen. Das ist nichts Ungewöhnliches.“

„Aber es geht ihr doch jetzt besser“, sagte Annelie.

„Jetzt ist es entschieden, und daran ist nichts mehr zu ändern“, sagte Gustav Elofsson bestimmt. „Außerdem kommt bald das neue Pferd und braucht die Box!“

„Wollen Sie helfen, Amie zu verladen?“ fragte Annelie ihn.

„Das muß ich wohl. Obwohl ich eigentlich keine Zeit habe. Und diese Kerle können nie die Verabredung einhalten.“

„Wir helfen gern“, sagte Annelie schnell. „Dann können Sie wieder zur Arbeit fahren. Wir bleiben so lange, bis sie kommen. Das haben wir schon oft gemacht!“ log sie.

4 10270-9

„Ja, das wäre gut. Schafft ihr das?“ fragte Gustav Elofsson und sah auf die Uhr.

„Besser als die meisten anderen“, sagte Annelie mit verkrampftem Lächeln.

„Okay, aber vergeßt nicht, euch eine Quittung vom Fahrer geben zu lassen.“

„Quittung?“ fragte Annelie tonlos.

„Ist reine Formsache!“

„Ich will versuchen, daran zu denken“, sagte Annelie.

Elofsson machte ein paar Schritte auf die Tür zu. „Und vielen Dank auch. Hoffentlich habt ihr ein bißchen Freude an Amie gehabt in all den Jahren. Sara bleibt noch einige Wochen. Aber dann werde ich sie auch verkaufen.“

Einige Augenblicke stand er da, schien etwas sagen zu wollen. Aber dann ging er schnell hinaus zu seinem Wagen.

Malin richtete sich auf und wischte sich die Sägespäne von den Jeans. „Ich wußte gar nicht, daß du so gut lügen kannst“, sagte sie. „Mir ist überhaupt nichts eingefallen!“

„Irgendwie wollte ich ja auch ein bißchen helfen“, sagte Annelie bescheiden. „Nur weiß ich nicht, wie ich das mit der Quittung hinkriegen soll.“

„Ach, sag, du hast es vergessen. Wenn du nun schon mal mit dem Lügen angefangen hast, ist's auch egal. Aber jetzt müssen wir uns beeilen, damit wir hier weg sind, bevor der Transporter kommt. Man weiß ja nie, vielleicht kommt er zufällig mal pünktlich“, sagte Malin.

Hastig nahm sie eine dicke große Plastiktüte und schüttete Hafer hinein. Vom Heuboden holte sie ein Bündel Heu. Der Boden war bis zur Tür mit Heu gefüllt, das Elofsson billig von einem Bauern gekauft hatte, der Schwierigkeiten gehabt hatte, es zu trocknen. Eine alte Pferdedecke, in die die Mäuse im Winter, als nichts anderes Eßbares für sie erreichbar war, Löcher gefressen hatten, nahm sie mit, ebenso zwei Führseile.

Sie gelangten ungesehen in den Wald. Annelie führte Amie. Willig war die graue Stute aus ihrer Box gegangen. Malin holte ihr Fahrrad aus dem Gebüsch, das mit ihren eigenen Sachen beladen war.

„Willst du das Fahrrad mitnehmen?" fragte Annelie erstaunt.

„Ich darf doch nicht reiten", sagte Malin. „Sie soll nicht unnötig angestrengt werden. Aber sie muß meine Sachen tragen, anders geht's nicht. Die sind leichter als ich!"

Sie legten Amie die Decke über, banden sie mit den Stricken fest und banden dann Malins Rucksack, ihren Schlafsack und die Tüten mit allem, was keinen Platz mehr im Rucksack gefunden hatte, an den Stricken fest. Das Heubündel legte Malin quer über Amies Rücken und befestigte es mit den Schnüren, die sie vom Heuboden mitgenommen hatte.

„Sie sieht verrückt aus", sagte Annelie kichernd, als sie fertig waren. „Wie ein Packesel!"

„Hoffentlich sieht uns niemand", sagte Malin und überprüfte noch einmal, ob alles fest saß. „Aber wenn wir gesehen werden, denken die Leute wahrscheinlich, wir sind auf einem Wanderritt, und ich führe sie zur Entlastung gerade mal!"

Annelie nickte. Sie lachte oft, aber jetzt war sie ganz ernst. „Wenn es nur nicht plötzlich kalt wird."

„Wir kommen schon zurecht", versicherte Malin. „Wir

halten uns warm. Schließlich wollen wir nicht zum Nordpol, sondern nur nach Nyvallen! Übrigens finde ich, es ist besser, wenn du jetzt zurückgehst zum Stall. Ich glaube, ich habe einen Laster gehört! Das werden sie sein!"

Annelie lauschte. Unten auf der Landstraße hielt ein Fahrzeug, außer Sichtweite der Mädchen.

„Das ist er!" stieß Malin hervor. „Beeil dich!"

„Es ist doch erst halb vier", sagte Annelie zögernd. Aber sie ging zum Waldrand und schaute. „Doch, das ist er!" Sie lief zurück und umarmte ihre Freundinnen, zuerst Amie und dann Malin. „Viel Glück!" rief sie, als sie zum Wald hinauslief, hinunter zum Laster, der jetzt rückwärts auf den Stalleingang zufuhr. Während Annelie lief, überlegte sie, wie mutig Malin war. Sie selbst hätte sich nie getraut, das Pony wegzubringen, und noch viel weniger, sich auf eine so weite Reise ins Ungewisse zu machen.

„Er hat sich's anders überlegt!" schrie sie, als sie sich dem Laster näherte, der vor der Stalltür parkte. „Ich meine Elofsson", fügte sie hinzu, nachdem sie ein bißchen zu Atem gekommen war.

„Sich anders überlegt?" meinte der junge Mann im Overall vom Schlachthof. Er hatte schon die rückwärtige Klappe geöffnet, die auch als Laderampe diente.

„Er hat mich gebeten, Ihnen das auszurichten", erklärte Annelie.

Im Laster brüllten und blökten die Tiere, und die Zwischenwände knackten, wo sich das verängstigte Schlachtvieh in dem engen Laderaum drängte.

„So, so, er hat es sich anders überlegt ..." Der Fahrer drückte auf einen Knopf irgendwo am hinteren Teil des Lasters, und die Klappe schloß sich mit Hilfe der Hydraulik.

Annelie atmete immer noch heftig, als der Laster wieder auf die Landstraße einbog. Aber es war nicht nur vom raschen Lauf. Ihr Herz klopfte wie wild.

In dem Augenblick, als er verschwand, kehrten die ersten Mädchen vom Springen zurück.

„Ist Amie jetzt fort?" fragte Anna-Maria, die als erste auf ihrer eleganten schwarzglänzenden Halbblutstute anlangte.

„Ja!" Annelie nickte heftig.

„Schade, ich hab mich gar nicht von ihr verabschiedet", jammerte Anna-Maria. „Ich habe nur noch die Rücklichter des Lasters gesehen. War sie leicht zu verladen?"

„Kein Problem", antwortete Annelie. Sie wandte sich ab, damit die anderen nicht sahen, wie froh und erleichtert sie war. Froh, daß Malin es geschafft hatte, mit Amie im Wald zu verschwinden, ehe sie jemand entdeckte.

„Du Arme", sagte Anna-Maria, die glaubte, Annelie hätte sich weggedreht, weil sie weinte.

Annelie putzte sich die Nase und ging zu ihrem Fahrrad, das an der Stallwand lehnte.

„Ist Malin nicht da?" rief Anna-Maria. Sie war abgestiegen und führte ihr Pferd in den Stall.

„Nein", rief Annelie zurück. „Sie ist vor einer Weile hier gewesen, aber sie hatte was Wichtiges zu erledigen. Etwas Lebenswichtiges."

„Ich verstehe", Anna-Maria wandte sich an Kattis, die auch von dem Wettbewerb zurückgekommen war. „Malin wollte natürlich nicht dabei sein, als Amie zum Schlachthof gebracht wurde."

„Stimmt", sagte Annelie leise, die gehört hatte, was Anna-Maria sagte. „Das wollte sie wirklich nicht."

Malin führte mit der rechten Hand die kleine Amie am Führstrick und mit der linken ihr Fahrrad den Waldweg entlang.

Da waren tiefe Spuren von den Fuhrwerken vergangener Zeiten. Es war ziemlich anstrengend, hier zu gehen, ehe sie die Stelle erreichte, wo sie kürzlich umgekehrt war. Hier war der Wald dabei, seinen Boden mit Hilfe von Birken und Eschen und kleinen Tannen zurückzuerobern.

Einmal mußte sie das Fahrrad zurücklassen und Amie etwa hundert Meter durch das Gestrüpp führen, sie an einem Baum festbinden und dann zurückgehen und ihr Fahrrad holen. Das Gepäck auf Amies Rücken erschwerte das Vorankommen noch. Der Rucksack und die Tüte mit Hafer blieben mehrere Male an Ästen hängen, der Plastikbeutel mit dem Spirituskocher platzte auf, und der Inhalt fiel heraus. Malin klemmte die Sachen auf dem Gepäckträger fest und knotete sicherheitshalber noch die Schnüre, von denen sie eine ganze Menge in der Tasche hatte, darum.

Aber langsam lichtete sich der Wald, und der Weg

war leichter zu gehen. Malin versuchte, ein Stück auf dem Rad zu fahren. In der rechten Hand hielt sie das Führseil, mit der linken steuerte sie. Amie fiel in Trab, und die Sachen auf ihrem Rücken hüpften herum, weil sie nicht richtig festgebunden waren. Die Bewegungen und Geräusche der schaukelnden Sachen machten Amie Angst. Sie riß die Augen auf und versuchte, den Kopf nach hinten zu drehen. Und dann fuhr Malin auf eine Baumwurzel und hätte fast das Gleichgewicht verloren. Sie blieb stehen, beruhigte Amie mit Streicheln und tröstenden Worten und ging dann zu Fuß weiter. Es tat Malin leid, daß sie versucht hatte, sich zu beeilen. Selbst wenn es so schien, als ob Amie ganz gut ging und keine Schmerzen hätte, war es idiotisch, sie unnötig anzustrengen und zu belasten.

Die Luft im Wald war feucht und gesättigt von Herbstgerüchen. Vom Laub und den Pflanzen am Waldboden stieg ein leichter Modergeruch auf, und Malin sog zufrieden den frischen Dunst des Herbstes ein. Die Zweige der Espen waren schwarz von Feuchtigkeit, und die Tannennadeln hinterließen harzige Spuren auf Malins Jacke und Jeans, wenn sie zu dicht an den Bäumen vorbeiging.

Mit jedem Schritt war Malin von ihrer Sache überzeugter. Sie entfernten sich von den Menschen, hier drinnen im Wald waren sie sicher. Wie die Zukunft auch aussah – in diesem Augenblick waren sie vom Wald geschützt. Amie wäre inzwischen schon im Schlachthof angekommen. Sie würde große Angst haben – jetzt aber würde sie leben!

Wenn die Karte stimmte, konnten sie fünfzehn Kilometer durch den Wald gehen, ehe sie auf die Landstraße hinaus mußten. Und dann auch nur für zwei Kilometer. In Sjöböle gab es ein Geschäft, das mußten sie irgendwann spät am nächsten Tag erreichen; dort konnte Malin für den Rest der Reise etwas zu essen kaufen. Wasser für Amie mußte sie unterwegs finden.

DIE KARTE! Die lag ja noch in der obersten Schublade vom Schreibtisch! Dorthin hatte sie sie in jener Nacht gestopft, damit niemand mißtrauisch wurde, falls jemand in ihr Zimmer kam.

Malin versuchte sich an das Kartenbild zu erinnern. Das war nicht schwierig. Der alte Weg nach Sjöböle, dann auf die Landstraße und dann nach links, ein paar Stunden etwa auf dem Forstweg. Es würde ganz einfach sein, den Weg auch ohne Karte zu finden, da sie das Bild ganz deutlich und klar im Kopf hatte.

Nach einigen Stunden begann es zu dämmern, und Malin fing an, nach einem Lagerplatz Ausschau zu halten. Eine der alten Sennhütten konnte nicht mehr weit entfernt sein. Sie mußten zwei Kilometer in drei Stunden geschafft haben! Das war ganz schön viel für Amie. Malin hatte ihre Beine von Zeit zu Zeit kontrolliert, und sie hatte den Eindruck, daß keine Gefahr bestand. Aber mehr als zwei Kilometer sollte sie am ersten Tag nicht gehen.

Malin wurde allmählich müde. Pferd und Fahrrad zugleich zu führen war auf dem schmalen Pfad ziemlich anstrengend. Für eine Weile ließ sie Amie frei neben sich gehen. Aber das ging nicht, denn Amie blieb immer wieder stehen und versuchte, das Gras am Wegrand abzurupfen. Malin fragte sich, warum sie ihr Fahrrad eigentlich mitgenommen hatte. Es verursachte nur noch mehr Mühe. Aber sie konnte es jetzt auch nicht einfach im Wald liegen lassen.

Sie kamen zu einer kleinen Brücke, die über einen Bach führte. Sie war aus runden Baumstämmen gebaut, und Amie wich zurück, als Malin den ersten Fuß auf die Brücke setzte. Über dieses schreckliche Hindernis wollte Amie nun wirklich nicht gehen, auch wenn es nur sechs oder sieben Meter lang war. Malin zog am Halfter, sie schnalzte und lockte. Aber die Ponystute blieb unerschütterlich stehen und rührte sich nicht vom Fleck.

Malin ließ das Führseil los und brachte ihr Fahrrad schnell über die Brücke. Dann ging sie zurück und nahm eine Handvoll Hafer aus dem Sack. Sie stellte sich auf die Brücke und lockte mit dem Hafer. Amie reckte den Hals zu ungeahnter Länge vor, um Malins lockende Hand zu erreichen, aber da sie die Hufe nicht vorwärtsbewegte, fehlten ihr einige Zentimeter. So standen sie eine ganze Weile, Amie mit Giraffenhals und Malin vor ihr mit dem lockenden Hafer.

Es war fast dunkel geworden, schweigend umgab sie der Wald. Nur das leise Murmeln des Baches erinnerte daran, daß die Natur nicht ganz still war.

Plötzlich hörte Malin ein Krachen aus der Richtung, aus der sie gekommen waren. Vor Schreck machte Amie einen riesigen Satz auf die Brücke. Dabei stieß sie Malin um, die Führstrick und Hafer losließ.

Auf der anderen Seite der Brücke preschte Amie im Galopp davon, das Gepäck hüpfte und klapperte auf ihrem Rücken.

Als Malin sich benommen aufrichtete, sah sie die Umrisse eines großen Tieres, das den Weg hinter ihr überquerte. In dem spärlichen Licht konnte sie nicht genau erkennen, was es für ein Tier war, das Amie über die Brücke gescheucht hatte, aber der Größe nach war es ein Elch.

Jetzt mußte Malin das graue Pony beruhigen, das ein Stück entfernt zitternd auf sie wartete. Und zur Belohnung, daß Amie so toll über die Brücke gegangen war, wenn auch unfreiwillig, gab Malin ihr eine Handvoll Hafer. Während Amie gierig den Hafer kaute, glättete Malin sanft die dichte Mähne der kleinen Stute.

Es war nicht mehr weit, dann öffnete sich der Wald auf ausgedehnte frühere Viehweiden, und Malin begriff, daß sie bei den Sennhütten angekommen waren. Sie hatte geglaubt, Ställe vorzufinden, in denen sie und Amie übernachten könnten. Aber nachdem sie eine Weile gesucht hatte, mußte sie sich eingestehen, daß sie sich getäuscht hatte. Das einzig Stallähnliche, das sie fand, waren die Überreste einer zusammengebrochenen Mauer, bedeckt von morschen Brettern und Balken, die einmal Dach, Wände und Fußboden des Stalles gebildet hatten.

Die Dunkelheit umschloß die beiden Flüchtlinge dichter. Malin befreite Amie von ihrer Last und gab ihr das Abendfutter. Die Decke, die Amie getragen hatte, war warm und dampfte, und Malin hängte sie zum Trocknen über eins der morschen Bretter. Sie befühlte das Bein der grauen Stute, ließ die Hand sorgsam auf und abgleiten, ohne eine spürbare Reaktion von Amie, die ihr weiches Maul ins Abendheu versenkte.

Malin ärgerte sich, daß sie nicht ihren Hufkratzer mitgenommen hatte. Sie hatte zwei, einen zu Hause und einen im Stall. Eine Weile überlegte sie, ihre Haarbürste zu benutzen, die in der Waschzeugtasche lag. Aber dann kam sie zu dem Schluß, daß die Haarbürste nichts nützen würde und probierte sie deshalb gar nicht erst aus.

Sie holte ihren kleinen Spirituskocher hervor, und bald beleuchtete eine schwache Flamme den Lagerplatz. Der Feuerschein warf gespenstische Schatten, die im Dunkel draußen aufgelöst wurden. Aber Malin fürchtete sich nicht vor der Dunkelheit. Als sie noch bei ihrer Großmutter gelebt hatte, war sie es gewohnt gewesen, oft im Dunkeln draußen zu sein. Zu der Zeit hatte es im Dorf noch keine Straßenbeleuchtung gegeben, und wenn sie an Herbst- und Winterabenden mit der Großmutter nach Hause gegangen war, hatten ihnen nur die Sterne und manchmal der Mond geleuchtet. Und an verhangenen Abenden im Spätherbst, vor dem ersten Schnee, hatten sie oft kaum den Weg erkennen können. Nein, vor der Dunkelheit hatte Malin keine Angst. Außerdem war ja Amie bei ihr.

Malin pellte die schon gekochten Kartoffeln, schnitt sie in Scheiben und briet sie zusammen mit ein paar Wurstscheiben in der Aluminiumpfanne. Das Essen brannte ordentlich an, da sie vergessen hatte, Margarine oder Butter mitzunehmen. Aber es schmeckte Malin trotzdem gut, denn sie hatte Hunger.

Beim Stillsitzen wurde ihr kalt, und sie sehnte sich nach einem richtigen wärmenden Lagerfeuer. Doch woher sollte sie Feuerholz nehmen? Der ganze Wald troff ja vor Nässe.

Amie hatte nur wenig von ihrem Heu gefressen, sie ging schnuppernd auf der Weide herum auf der Suche nach Grashalmen.

Malin ging zu ihr, streichelte ihr über den Rücken, und Amie senkte den Kopf und spielte mit den Ohren. Malin konnte sich nicht erklären, warum das Pony sein Heu nicht mochte.

Dicht neben der Stelle, wo Amie fraß, war ein alter Baumstumpf, der vor Alter zusammenfiel. Malin brach ein Stück davon ab und roch daran. Das Innere des morschen Stumpfes war halbwegs trocken. Malin roch einen schwachen Duft nach Harz und brach noch mehr Stücke von dem Baumstumpf ab. Immer schwieriger wurde es, je näher sie dem Kern des Stumpfes kam. Aber nach einer Weile hatte sie ein schönes Häufchen Feuerholz neben sich aufgehäuft.

Sie trug das Holz zu ihrem Lagerplatz und tröpfelte etwas Spiritus darauf. Das Feuer verbreitete sich rasch, die Hitze preßte kleine schwarze Tropfen aus dem Kiefernholz und parfümierte die Luft mit dem Duft nach Harz.

In dem Schlafsack auf der Decke zu schlafen würde kein Problem werden. Aber was sollte sie mit Amie machen? Anbinden wollte sie sie nur im Notfall. Das Pony konnte nicht herumlaufen, wie es wollte, denn dann würde es sich wahrscheinlich auf den Weg nach Hause machen. Das würde für Amie den Tod und für Malin eine Katastrophe bedeuten.

Einen Zaun bauen? Malin prüfte die alten Bretter neben der zusammengebrochenen Ofenmauer. Das erste Stück Holz zerfiel, sobald sie es berührte. Aber das nächste hielt, bis sie vorsichtig damit auf die Erde schlug. Die Oberfläche der Bretter hatte sich aufgelöst, war fast schleimig, und sie hatte die Hände voll halbvermodertem Holz, als sie es anfaßte. Aber nachdem sie die meisten Bretter im Schein des Feuers auf ihre Haltbarkeit geprüft hatte, bekam sie einen kleinen Stapel zusammen, der ihren Zwecken genügte.

Mit Hilfe der Bretter und der Schnüre, die sie in der Tasche hatte, baute Malin eine provisorische Box im ehemaligen Stall der Sennanlage. Dann legte sie ein bißchen Hafer auf die Erde entlang der Mauer, holte Amie und versperrte das „Gatter“ mit einem festem Brett. Malin war ziemlich stolz, als sie vor der „Box“ stand und ihr Werk betrachtete. Schön war es nicht geworden, aber wenn man bedachte, was für ein Material ihr zur Verfügung gestanden hatte, war's ganz ordentlich.

Dann drehte sie die getrocknete Pferdedecke um, breitete sie über Amies Rücken und befestigte sie mit dem Sattelgurt. Es war ein richtig gemütliches Bild, das sicher eingezäunte Pony, das im Schein des verglimmenden Holzfeuers seinen Hafer kaute.

Malin kroch in ihren Schlafsack. Sie hatte sich einen halbwegs trockenen Platz unter einer Tanne vorbereitet, ihre Jacke über einen abgebrochenen Ast gehängt und ihre durchnäßten Turnschuhe und Strümpfe zum Trocknen auf einen flachen Stein nah beim Feuer gelegt. Sie hatte Hans' Schlafsack aus dem Kellerverschlag mitgenommen. Dieser Schlafsack war warm und behaglich, einer, der selbst im Winter draußen wärmte. Schon nach wenigen Minuten spürte Malin, wie sie in ihrem „Schlafhaus“ warm wurde. Sie lag auf dem Rücken, und als sie den Kopf drehte, konnte sie Amie sehen. Die graue Stute hatte ihren Hafer gefressen, jetzt stand sie ruhig da und ruhte sich an der Stelle aus, wo Malin sie hingeführt hatte.

Malin fühlte sich überhaupt nicht fremd im Wald – oder als Eindringling. Natürlich konnte sie sich nicht zu den Waldbewohnern zählen, wie Elche, Füchse, Eulen oder Mäuse – aber als sie so dalag, in die letzte Glut des Feuers starrte und die Ereignisse des Tages in ihrem Kopf herumflatterten, da war sie überzeugt, daß sie und Amie in Sicherheit waren und daß ihnen nichts Böses geschehen könne.

Ruhig schlief Malin ein, und sie schlief so fest, daß sie nicht hörte, wie Amie, die es leid war, eingesperrt in einer Box aus halbverrotteten Brettern und blauen Plastikschnüren zu stehen, sich befreite. Die kleine Stute lehnte sich einfach ganz leicht gegen ein Brett, das sofort nachgab und zu Boden fiel. Malin merkte auch nicht, wie Amie versuchte, an den Hafer heranzukommen, daß sie aber keinen Erfolg hatte, weil Malin klug genug gewesen war, schon beim Aufbruch aus Elofssons Stall das Plastiksäckchen fest zuzubinden. Und dieser kleine Sack hielt Amies Ponyzähnen stand.

Malin merkte auch nicht, daß das hellgraue Pony, irritiert, weil es nicht an den Hafer herankommen konnte, den Pfad hinaufging, an Malins Fahrrad vorbei, und sich dann auf den Heimweg machte, zu Gustav Elofssons Stall.

Malin war früh am Abend eingeschlafen und erwachte auch früh am Morgen wieder. Noch war alles kohlrabenschwarz, und weil die Streichhölzer nicht in Reichweite waren, konnte sie auch nicht feststellen, wie spät es war. Sie streckte sich, fühlte sich ausgeschlafen. Ein bißchen steif war ihr Rücken von dem harten Bett. Malin rollte sich in ihrem warmen Nest zusammen und beschloß, mit dem Aufstehen zu warten, bis es hell wurde. Sie lauschte nach Geräuschen vom „Stall", hörte aber nichts und nahm an, Amie stände ganz ruhig da oder hätte sich sogar zum Schlafen hingelegt, wie sie es sonst auch machte.

Als Malin das nächste Mal aufwachte, war es hell geworden. Sie zog den Reißverschluß vom Schlafsack auf und befreite ihren Arm mit der Armbanduhr. Es war halb sieben, Zeit aufzustehen.

Langsam richtete sie sich auf einem Ellbogen auf und schaute zu der Stelle, wo Amie stehen mußte. Der Anblick der leeren Box mit dem herabgefallenen Brett machte sie schlagartig hellwach. Immer noch barfuß, stürzte sie zu den Überresten ihres provisorischen Zauns.

„Amie!!!" Sie schrie, so laut sie konnte. „Amie!!!"

Malin rannte zurück zu ihrem eigenen Lagerplatz und zog hastig die Schuhe an. Ihre Turnschuhe waren gut getrocknet auf dem heißen Stein neben dem Feuer, aber die feuchte Morgenluft hatte sie wieder durchnäßt. Würde sie Amie überhaupt wiederfinden? War dieses Pony nach Hause gelaufen, oder war es irgendwo in der Nähe? Wie hatte Amie überhaupt verschwinden können, ohne daß sie es bemerkte? War jemand hier gewesen und hatte sie heimlich mitgenommen? In Malins Kopf wirbelten die Gedanken durcheinander, während sie verzweifelt nach ihrer verschwundenen Freundin rief.

Sie lief auf den Weg hinaus und rief, dann in den Wald, hin und her in hohem altem Gras, Laubmatsch und Blaubeerreisig.

Amie *mußte* zurückkommen! Sie durfte nicht nach Hause gelaufen sein. Das *durfte* einfach nicht sein!

Nachdem Malin eine Weile planlos im Wald herumgelaufen war, stand sie plötzlich wieder auf dem Pfad. Sie wußte nicht genau, wo sie war, nur soviel, daß sie nördlich von ihrem Lagerplatz bei den ehemaligen Sennhütten war. Ängstlich begann sie, zurückzulaufen. Keine Spur von Amie hatte sie gesehen! Aber wenn sie in einem Kreis um das Lager herumging, würde sie vielleicht Hufspuren entdecken. Sie würde wenigstens feststellen können, ob das Pony in den Wald oder zur Landstraße gegangen war.

Wie weit sie sich von den Sennhütten entfernt hatte! Sie ging schneller, lief fast. Bald mußte das Fahrrad auftauchen. Vielleicht war es am besten, sie nahm das Rad, um Amie einzuholen. Bestimmt hatte sie nach Hause laufen wollen. Wie dumm sie gewesen war, daß sie nicht gleich losgeradelt war, als sie entdeckte, daß Amie fort war! Nun konnte es zu spät sein. Vielleicht hing alles von Minuten ab.

Aber warum kam sie nicht endlich beim Fahrrad an? Es konnte doch nicht sein, daß sie in die falsche Richtung lief? Malin blieb stehen. Sie versuchte, sich mit Hilfe des Himmels zu orientieren. Aber der war gleichmäßig grau und nicht zu deuten. Von da konnte sie keine Hilfe erwarten. Malin ging weiter. Sie mußte sehen, was hinter der nächsten Biegung war! Aber hinter der Biegung war kein Fahrrad und auch nicht die alte Sennanlage.

Sie kehrte um, lief in ihren feuchten Turnschuhen zurück. Die Schuhe gaben bei jedem Schritt einen quietschenden Laut von sich.

Einige Minuten später war sie wieder an der Stelle, wo sie aus dem Wald gekommen war, und wenig später konnte sie ihr Fahrrad aus dem Graben hochreißen, keuchend vor Anstrengung, sich auf den Sattel werfen und den Hügel runterstrampeln auf den Bach zu. Vor der glatten Brücke bremste sie ab, um nicht zu stürzen. Sie schaltete in den zweiten Gang und fuhr vorsichtig über die schlüpfrigen Baumstämme.

Als sie noch ein kleines Stück bis zur Brücke vor sich hatte, ließ sie mit der rechten Hand die Lenkstange los, um in den ersten Gang zu schalten, denn jetzt hatte sie eine Steigung vor sich.

Ein Augenblick Unaufmerksamkeit, ein Ast, der ein Stück vom Boden aufragte, genügten. Das Vorderrad wurde verdreht, das Hinterrad schlidderte, und Malin flog Hals über Kopf in den Bach. Sie landete auf dem Bauch, Gesicht und Hände in dem schwarzen Morast

5 10270-9

am Ufer, die Beine im Bach, der für die Jahreszeit ungewöhnlich viel Wasser führte.

Malin schnappte nach Luft und rappelte sich auf. Sie spuckte Schlamm, versuchte sich die Augen zu wischen und sah durch Tränen und Erde, daß das Vorderrad total verbogen war. Sie kroch auf festen Boden und stolperte zur Brücke. Dort kniete sie sich hin und schöpfte mit der hohlen Hand Wasser. Sie spülte ihren Mund aus und wusch sich den dicksten Schlamm vom Gesicht. Die ganze Zeit weinte sie laut, so daß bestimmt alle Tiere in diesem Teil des Waldes stehen blieben und lauschten.

Sie ließ ihr Rad liegen und ging zurück. An ihrem Lagerplatz zog sie die schmutzigen, nassen Kleider aus und warf sie auf einen Haufen neben dem Schlafsack. Dann stand sie barfuß da in Unterwäsche und dem warmen Baumwollhemd, das nur unten an den Armen ein bißchen naß war, und angelte trockene Sachen aus dem Rucksack. Zum Glück hatte sie vergessen, die Jacke anzuziehen, als sie in den Wald stürzte, um nach Amie zu suchen. Die Jacke war nur von außen feucht. Malin bereute heftig, daß sie keine Reserveschuhe mitgenommen hatte, oder noch besser feste Stiefel.

Jetzt blieb ihr nur noch übrig, soviel wie möglich von ihrem Gepäck zu nehmen und nach Hause zu gehen. Das Fahrrad und den Rest mußte sie später irgendwie holen.

Während ihr die Tränen die Backen herunterkullerten, kippte sie den Inhalt von zwei Plastiktüten aus, zog sie über die Füße, über die Socken, und quälte sich dann in die durchnäßten Schuhe. Es wurde eng, die Zehen konnte sie nicht bewegen, aber es mußte gehen. Jetzt war schon alles egal.

Plötzlich zuckte sie zusammen, weil hinter ihr ein Zweig knackte. Sie fuhr herum und blieb wie erstarrt stehen. Sie traute ihren Augen nicht! Dort, wenige Meter von ihr entfernt stand Amie und schnupperte am Hafer in dem kleinen Plastiksack.

Malin hatte die ganze Zeit geschluchzt und nicht bemerkt, daß Amie aus dem Wald gekommen war.

„O Amie, wo bist du gewesen?" stammelte sie weinend und streichelte das weiche Maul der Stute. „Warum hast du mir so einen furchtbaren Schrecken eingejagt? Ich hab mir solche Sorgen gemacht!"

Amie gab keine Antwort. Sonst hätte sie erzählen können, daß sie, nachdem sie nicht an den Hafer herangekommen war, zum Bach hinuntergegangen war, um zu trinken. Und weil sie sich nach Hause und nach dem Stall und all ihren Freunden sehnte, die dort drinnen in Wärme und Gemeinschaft standen, hatte sie versucht, heimzugehen. Aber dann hatte sie sich nicht über die schreckliche Brücke getraut, sondern war am Bach entlanggegangen auf der Suche nach einer Stelle, bei der sie hinüberwaten konnte. Aber es war mühsam gewesen, überhaupt ans Bachufer zu gelangen, denn Weiden, Espen und Erlen hatten sich an seinen Rändern festgeklammert, und Amie war weit gegangen, ohne eine gute Stelle zu finden. Als sie zur Brücke zurückgekommen war, hatte sie Malins lautes Weinen gehört, und jetzt war sie gekommen, um zu sehen, was los war.

Malin holte das Halfter, das an einem der Bretter des untauglichen Stalles hing.

„Jetzt bleibst du bei mir!" sagte sie und befestigte das Führseil an Amies Halfter. Sie hätte die Ponystute gleich anbinden sollen. Amie hätte sich mit dem langen Seil trotzdem hinlegen können. Sicherheitshalber band sie ihre Reisegefährtin an einer kleinen Tanne fest, während sie den Rest der Milch austrank und ein wenig von dem Brot aß, das vom Mittag übriggeblieben war.

Eine halbe Stunde später brachen sie wieder auf. Voran Malin in ihren unbequemen Schuhen, dann Amie, etwas widerstrebend, mit Rucksack, Schlafsack, Decke, Hafersäckchen und einer Plastiktüte bepackt. Den Rest des Heus hatte Malin zurückgelassen. Es hatte sich gezeigt, daß das Heubündel leicht verschimmelt und ungenießbar war. Wie klug Amie gewesen war, daß sie es nicht gefressen hatte!

Malin, die erst durchs Laufen ins Schwitzen geraten und dann naß geworden war und gefroren hatte, versuchte rascher zu gehen, damit ihr warm wurde. Aber Amie am anderen Ende des Führstricks bremste. Ihr gefiel es nicht, daß sie in die falsche Richtung gingen, weg vom Stall.

Schon nach dem ersten Kilometer taten Malin die Fersen weh, und sie spürte, daß sie den Rest des Weges nicht ohne wundgeriebene Stellen schaffen würde.

Amie ging auch nicht mehr so gut wie am Tag zuvor. Sie ging steifbeinig, fast klamm auf der Hinterhand. Aber Malin redete sich ein, das sei nicht weiter schlimm. Sie *mußten* vorankommen! Auch wenn ihnen beiden Hufe, Füße und Beine weh taten und bluteten, bis sie ihr Ziel erreicht hatten und in Sicherheit waren.

Es konnte nicht mehr weit sein bis Sjöböle, aber sie brauchten den ganzen Vormittag. Malin ging langsamer, sie ließ Amie die Geschwindigkeit bestimmen und machte viele Pausen. Ihre Fersen brannten, aber sie wollte nicht die Schuhe ausziehen und nachsehen, ob sie Blasen hatte. Es erschien ihr sinnlos, weil sie ja sowieso kein Pflaster hatte.

Gegen eins gelangten das Mädchen und das Pony an die wenig befahrene Landstraße kurz vor Sjöböle. Kaum hatten sie sie betreten, da hörte Malin Motorgeräusch. Sie zog Amie mit sich zurück in den Wald, während das Auto vorbeifuhr. Aber sie wußte, daß sie sich nicht aufzuregen brauchte. Der Wald war nahe und für ein Mädchen mit einem Pferd leicht erreichbar. Autos fuhren um diese Jahreszeit weniger, außerdem waren sie schon von weitem zu hören.

Im Sommer war das anders. Dann füllten sich die Hütten in den kleinen Dörfern für einige Wochen mit Leuten, die früher einmal hier gewohnt hatten und wegen der Arbeitslosigkeit südwärts gezogen waren. Und die fuhren mit ihren Saabs und Volvos über die Landstraßen und fanden, wie klein und altmodisch und malerisch hier oben alles war.

Malin wußte, daß es noch einen alten Geschäftsmann in Sjöböle gab. Sie war nicht mehr in seinem Laden gewesen, seit sie klein gewesen war und bei der Großmutter gewohnt hatte. Aber sie wußte, daß Henning Nilsson in Sjöböle sich weigerte, seinen Landhandel aufzugeben, obwohl er schon vor vielen Jahren hätte schließen müssen.

Hans und die Mutter hatten über Henning Nilsson geredet und erzählt, daß er in den Ferien Dreiviertel seines Umsatzes machte, seinen Laden aber auch die übrige Zeit des Jahres offenhielt, damit die letzten Leute in den Dörfern ihre Milch und ihr Salz im eigenen Dorfladen kaufen konnten, wie sie es immer getan hatten.

Frischware gab es im Winter nicht bei Henning Nilsson. Wenn es aber einer der Frauen im Dorf plötzlich einfiel, daß sie einen Kopf Salat zu Elchsteak, Sahnesoße, Johannisbeergelee und den gekochten Kartoffeln haben wollte, konnte Henning Nilsson den Salat doch besorgen, wenn er die Bestellung drei Tage vorher bekam.

Kurz vorm Dorf lag ein Acker mit einer grauen Scheune mittendrauf. Malin sah, daß man hier im Sommer Heu geerntet hatte, denn das Gras war nach dem Schnitt zu einer gleichmäßigen Höhe herangewachsen. An den Scheunenwänden lehnten die Stäbe der Heureiter, und Malin konnte sich ausrechnen, daß es Heu in der Scheune geben mußte. Heu, das auf diesen Heureitern getrocknet wurde, war später meistens von besserer Qualität als Heu, das auf dem Boden getrocknet war; und Besitzer von Rennpferden versuchten oft, Heu zu bekommen, das auf Heureitern getrocknet wurde.

Die Scheune hatte zwei Tore, eins, durch das man das Heu hineinbrachte, und eins auf der entgegengesetzten Seite. Es war tiefer angebracht, und dort wurde das Heu im Winter herausgeholt.

Malin schob die Stange zurück, die das Tor auf der Rückseite versperrte. Ein würziger Duft nach trockenem Gras und Kräutern schlug ihr entgegen, als die Tür aufglitt. Malin zog einen Armvoll Heu heraus und legte es vor Amie auf den Boden. Das Futter mußte so lange reichen, wie sie brauchte, um zum Dorfladen zu laufen und einzukaufen. Später würde sie herausfinden, wem die Scheune gehörte, und auch das Heu bezahlen. Später, wenn Amie in Sicherheit war.

Gerade richtig für Malin war der Landhandel das erste Haus im Dorf, wenn man von Süden kam. Es war hellgelb gestrichen, die Schaufenster waren von innen mit braunem Packpapier bedeckt. Der Laden sah verrammelt und geschlossen aus. Aber die Tür öffnete sich willig an gutgeölten Scharnieren, als Malin sie aufdrückte.

Drinnen brannte kein Licht, aber Malin sah trotzdem die Reihen von Konserven, Mehltüten, Makkaroni- und Kaffeepaketen auf den Regalen hinter dem altmodischen Tresen, der sich über die ganze Länge des Raumes erstreckte. „Hallo!" rief sie. „Ist jemand da?"

Sofort kam ein älterer Mann mit ordentlich gekämmtem weißem Haar und dunkelbraunem Nylonkittel vom Lager hinter dem Laden. Malin sah, daß es Henning Nilsson selbst war. Aber da sie viele Jahre nicht hier gewesen war, war sie sicher, daß er sie nicht wiedererkannte.

Henning Nilsson drückte auf einen runden Schalter neben der Tür zum Lager, und einige der Leuchtstofflampen an der Decke gingen an, schläfrig blinkend. „Es ist Verschwendung, wenn es immer brennt", sagte er entschuldigend. „Der Strom ist so teuer. Um diese Zeit kommen selten Kunden. Die meisten kommen nach vier, und manche kommen immer, wenn schon geschlossen ist. Dann muß man eben auch zur Stelle sein. Was darf's denn sein?"

Malin kaufte zwei Pakete Knäckebrot, eine Dose Schinken, zwei Dosen Würstchen, sechs Halbliter-Dosen Cola, eine kleine Taschenlampe und eine Batterie dazu, eine Tüte leicht gesalzene Chips, eine Packung mit zwanzig Teebeuteln, vier Riegel Mars, einen kleinen zusammenklappbaren Dosenöffner, eine Schachtel Heftpflaster, und alles zusammen kostete nicht so viel, wie sie gefürchtet hatte – und die Tragetasche kriegte sie gratis dazu.

Die ganze Zeit schien es Malin, als ob der Mann sie neugierig anschaute, und sie ging rasch zum Ausgang, nachdem sie mit Annelies beiden Hundertern bezahlt hatte.

Sie hatte das unbehagliche Gefühl, daß der alte Mann wußte, wer sie war und welcher Grund sie hier vorbeiführte. Vielleicht wurde schon nach ihr gesucht? Ein schrecklicher Gedanke. Hatte Annelie einen Fehler gemacht, so daß Gustav Elofsson alles wußte? Am besten, sie verschwand hier so schnell wie möglich!

Aber ehe sie die Tür erreichte, hielt der Mann sie zurück. „Kind", sagte er, „hast du wirklich nichts anderes für deine Füße?"

Malin sah auf ihre schlammige, durchweichte Hose hinunter, aus der die Plastiktüten wie schmutzige Spitzenkragen ragten.

„Ich hab meine Stiefel vergessen", sagte sie hastig. „Aber das macht nichts."

„Bist du mit dem Auto oder dem Rad?" fragte der alte Mann.

„Ich bin zu Fuß. Wir sind mehrere auf Zelttour."

„Das ist stark." Der Mann klappte einen Teil im Tresen hoch und kam in den Ladenraum. „Wo es so geregnet hat in diesem Herbst. Aber so darfst du nicht herumlaufen. Du erkältest dich und kriegst eine Lungenentzündung. Wie lange wollt ihr denn draußen sein?"

„Nur ein paar Tage!" antwortete Malin ausweichend.

„Schau mal, hier." Henning Nilsson nahm ein paar grüne Stiefel aus dem Regal neben der Tür. „Das ist gute Ware aus Taiwan. Die kosten nur fünfundsiebzig Kronen. Die Chinesen stellen sehr gute Gummistiefel her. Welche Größe hast du?"

„Nein, ich brauche keine. Ich komme auch so zurecht!" Malin öffnete die Tür. Sie wollte so schnell wie möglich raus. Bald stellte er sicher Fragen, auf die sie keinesfalls antworten konnte. Vielleicht hatte er auf einen Alarmknopf gedrückt und wollte sie mit seinem Gerede über die Stiefel nur aufhalten, bis die Polizei und Elofsson kamen.

„Dann hast du also kein Geld", sagte Henning Nilsson und hielt ein Paar der Größe sechsunddreißig hoch.

„Nein", gab Malin zu.

„Bei mir kriegst du Kredit!" erklärte er.

„Was heißt das?" fragte sie.

„Du nimmst die Stiefel jetzt und bezahlst sie später. Wenn du Geld hast."

Wollte er auf diese Weise herauskriegen, wer sie war? Er mußte ja ihren Namen erfahren, wenn er Ware aushändigte, ohne Geld dafür zu bekommen.

„Nein, danke", sagte Malin entschieden.

„Liebes Kind, ich bitte dich, nimm die Stiefel! Sonst wirst du krank. Mir ist es egal, ob du sie bezahlst oder nicht. Ich ertrage es nicht, dich in diesen Schuhen da weggehen zu sehen." Henning Nilsson quetschte die grünen Stiefel mit den Schäften voran in Malins Tüte.

Malin spürte, wie eiskalt und naß ihre Füße waren und wie die aufgeschabten Stellen brannten. Das Angebot war verlockend. Sie nickte. „Dann nehme ich sie. Aber ich komme wieder und werde sie bezahlen, das verspreche ich!"

„Ich glaube dir. Aber was ist mit deinem Freund oder deiner Freundin", fragte der freundliche Mann. „Hat er oder sie auch nichts Ordentliches an den Füßen?"

„Sie kommt gut zurecht", sagte Malin. „Sie ist eine von

denen, die selten an den Füßen frieren. Vielen Dank auch!" Höflich gab Malin Henning Nilsson die Hand und verließ rasch den Laden.

„Schöne Ferien!" rief ihr der alte Mann nach.

Amie hatte nicht alles Heu gefressen, aber sie stand noch dort, wo Malin sie zurückgelassen hatte, und ruhte sich aus. Malin setzte sich ins offene Scheunentor und zog die Schuhe aus. Sie blutete an beiden Fersen, und ihre Füße waren kalt und eklig schwammig. Zum Glück hatte sie einen ganzen Berg Socken eingepackt, die kamen ihr jetzt gerade recht.

Es war ein wundervolles Gefühl, Pflaster auf die Wunden zu kleben, trockene Strümpfe und die Stiefel anzuziehen. Als sie fertig war, holte sie ein Stück Maschendraht hervor, das Annelie in den Sack mit Hafer gesteckt hatte, weil sie meinte, Malin werde es brauchen. In den Maschendraht stopfte sie jetzt soviel Heu, wie Platz hatte. Amie schien keinen großen Appetit zu haben, und vielleicht reichte dieses Heu genau bis Nyvallen. Es mußte einfach reichen.

Nach einem anstrengenden Abstecher durchs Waldesdickicht, um das Dorf ungesehen zu umrunden, waren sie wieder auf der Landstraße. Malin ging sehr schnell. Sobald wie möglich wollte sie die Landstraße wieder verlassen. Sie durfte einfach nichts riskieren.

Im Lauf des Tages war der Himmel klarer geworden. Der Dunst der letzten Tage hatte sich aufgelöst, und mit ihm war die Wärme verschwunden. Auf den Wasserpfützen bildeten sich dünne, blanke, durchsichtige Eishäute.

Der Schlagbaum, der sonst den Forstweg versperrte,

war geöffnet. Malin hatte geglaubt, der Weg werde ganz einsam sein, aber jetzt sah sie viele frische Autospuren. Am besten, sie achtete auch hier auf Motorengeräusche! Und richtig, nach nur wenigen Minuten kämpfte sich ein klappriger Kombi den Hügel herauf. Von ihrem Versteck hinter einigen dicht beieinander stehenden Tannen sah Malin, daß er vollbeladen war mit Menschen und Gepäck.

In den nächsten zwei Stunden kamen insgesamt acht Autos den Weg entlang, alle auf dem Weg in die Wälder und die Berge hinauf, und alle waren voller Leute. Zwei Wagen zogen Anhänger hinter sich her, die mit grauen Planen abgedeckt waren. Malin ging mit dem Pony in den Wald und wieder hinaus, hin und her, um nicht gesehen zu werden. Deswegen schaffte sie nicht viel in zwei Stunden. Schließlich blieb sie neben Amie stehen, verwirrt und bedrückt, und schlug ihr Lager in sicherem Abstand vom Weg auf einer Lichtung auf.

Amie wirkte müde und apathisch, sie interessierte sich nicht für das Heu, das ihr angeboten wurde. Malin traute sich kaum, ihr Bein zu untersuchen. Wenn es nun erst richtig schlimm geworden war! Aber so arg war es wohl doch nicht, denn als Malin das Bein prüfte, zuckte Amie nur ganz wenig zurück.

Nachdem sie das Gepäck gelöst und einen Schlafplatz für sich und ihr Pony ausgewählt hatte, begann sie sich um ihr eigenes Essen zu kümmern. Sie hatte nicht daran gedacht, Wasser mitzunehmen, und einen Bach schien es in der Nähe nicht zu geben. Nur unmittelbar neben dem Waldweg, wo Amie stehengeblieben war, um zu trinken.

Malin hatte sich Würstchen und Tee heiß machen

wollen. Aber sie schaffte es auch so. Sie erwärmte die Würstchen in ihrer eigenen Flüssigkeit, aß Knäckebrot mit Margarine und trank Cola dazu. Zum Nachtisch aß sie sämtliche Mars auf, und mit vollem Magen und trockenen Füßen saß sie ziemlich zufrieden vor der kleinen Flamme ihres Spirituskochers.

Nach einer Weile erlosch das Feuer, und nachdem der Brenner abgekühlt war, füllte Malin neuen Spiritus auf und zündete ihn an. Sie fand es zu anstrengend, nach dem richtigen Feuerholz zu suchen. Während sie das Essen verdaute, saß sie vor den kleinen blauen Flammen und dachte nach.

Merkwürdig, daß so viele Leute unterwegs hinauf in den Wald waren. Soweit Malin wußte, wurde dieser Weg sonst nur von Holzfuhrwerkern benutzt, die außerdem nicht im Herbst verkehrten. Man kam zwar nach wenigen Kilometern auf die Landstraße heraus, aber ohne etwas Bestimmtes im Wald südlich vom Skarvfjäll zu tun zu haben, würde niemand den Umweg durch den Wald machen. Die Landstraße war kürzer und bequemer zu fahren, wenn sie auch uneben und schmal war wie alle Wege in dieser Gegend.

Konnten es Waldarbeiter sein? Aber am späten Nachmittag müßten sie auf dem Weg aus dem Wald heraus und nicht hinein sein!

Malin band Amie an einer Kiefer fest, legte ihr die Decke über und gab ihr ein bißchen Heu. Aber die graue Stute fraß nur wenig davon. Hafer mochte sie lieber, aber Malin gab ihr nur eine Faustvoll. Schließlich sollte sie nicht allzu munter werden in der Nacht. Den Maschendraht mit dem Heu legte sie wie ein Kissen unter das Kopfende ihres Schlafsacks.

Sie hatte eine sehr dichte Tanne gefunden, unter der sie schlafen konnte. Der Boden war mit Moos bedeckt, und das Bett erschien ihr richtig weich und angenehm, als sie in den Schlafsack kroch. Es war kalt. Amie dagegen war nicht besonders begeistert, daß sie angebunden war; sie war es gewöhnt, frei in der Box zu stehen.

Malin lag lange wach, sie fror. Als sie von dem Baumstumpf, der ihr beim Essen als Stuhl gedient hatte, aufgestanden war, war das Gras frostig an ihren Stiefeln aus Taiwan kleben geblieben. Die Sterne blinkten kalt, und als der Mond aufging, hatte er einen hellen Ring.

Malin zitterte und verfluchte den Schlafsackhersteller, der behauptet hatte, man könne es in seinen Schlafsäcken auch draußen warm haben. Als ihr endlich warm geworden und sie kurz vorm Einschlafen war, hörte sie das Geräusch von einem Motor. Sie öffnete die Augen und spähte unter den Zweigen ihres Verstecks hinaus. Zwischen den Bäumen blitzte Scheinwerferlicht. Noch ein Auto! Mitten in der Nacht!

Als Malin die Augen öffnete, merkte sie, daß es ungewöhnlich hell um sie herum war. Sie richtete sich von ihrem Bett aus Moos auf und sah sich verwundert um. Dichter Schnee füllte still und mit großen wattigen Flocken die Luft. Er fiel so dicht, daß sie kaum die Ponystute in einiger Entfernung erkennen konnte. Den Spirituskocher hatte sie nach dem Essen stehengelassen, wo er stand, und er war eingeschneit. Der Teil des Schlafsacks, der nicht von den Tannenzweigen geschützt war, war weiß.

Malin stand auf und zog die Stiefel an. Sie schickte einen dankbaren Gedanken zu Henning Nilsson, der so nett und umsichtig gewesen war.

Amie sah sie vorwurfsvoll an, als sie zur ihr kam. Das graue Pony war weiß vom Widerrist bis zur Kruppe. Sie stand still und hielt den hübschen Kopf tiefgesenkt.

„Arme Amie", sagte Malin. „Ich hatte wirklich keine Ahnung, daß es so kommen würde. Schau hier, iß ein bißchen, während ich packe. Du wirst sehen, es hört bald wieder auf zu schneien. Wenn wir uns bewegen, wird uns warm. Meine arme Kleine!" Sie legte beide

Hände an das Gesicht der Stute, dann wischte sie ihr den Schnee vom Rücken, streichelte sie und legte ihr den Maschendraht mit dem Heu vors Maul. Danach grub sie den Spirituskocher aus, schüttelte den Schnee vom Schlafsack und belud das Pony mit ihren Sachen. Mit ihrem eigenen Frühstück wollte sie warten, bis es aufhörte zu schneien. Denn so ein heftiger Schneefall konnte nicht allzu lange dauern.

Es war also ganz plötzlich Winter geworden. Vor zwei Tagen hätte das noch keiner für möglich gehalten. Es war furchtbar, im Freien zu schlafen, wenn Schnee lag. Noch eine Nacht. Es war undenkbar, daß Amie die ganze Strecke, die noch vor ihnen lag, an einem einzigen Tag gehen konnte. Obgleich Pferde viel sicherer als Menschen auf glattem Untergrund gehen. Selbst wenn der Mensch neue grüne Gummistiefel aus Taiwan mit geriffelten Sohlen trug. Der Schnee lag knöchelhoch.

Vielleicht hätten sie nach Sjöböle zurückgehen sollen, in die Zivilisation. Zur Sicherheit. Aber nur wegen ihrer eigenen Sicherheit. Für Amie würde es den sicheren Tod im Schlachthof bedeuten. Das konnte sie nicht machen. Also mußten sie weitergehen. Es würde schon alles gut gehen, solange sie im Wald waren, in dem sie übernachten konnten. Und sicher würde es bald aufhören zu schneien. Vielleicht würde nach einer Weile sogar die Sonne hervorkommen. So tröstete Malin sich und ihr Pony. Da war noch eine Tüte mit gemischten Bonbons im Gepäck. Aber es waren fast nur noch Lakritzen übrig. Genau wie zu Hause: Niemand wollte die Lakritzbonbons haben. Am besten schmeckte Schokolade-Nougat, die war immer als erstes aufgegessen. Aber wenn man nichts anderes hatte!

Komisch, daß die scheinbar gewichtslosen Flocken, die langsam aus den Wolken heruntertaumelten, die Äste der Bäume so niederdrücken konnten, wie sie es taten. Es war merkwürdig anzuschauen, wie die Zweige nahezu mit jeder Minute mehr nach unten zeigten – mit jedem neuen Zentimeter der leichten weißen Daunen.

Wenn Großmutter nur nicht geradeheraus nein sagte! Und wenn Eva und Mia sich nur einmal weigerten, an den Werktagen Amie zu versorgen! Das Geld! Zweitausend waren es, außerdem die Kosten für das Futter, den Schmied und den Tierarzt, die Einzäunung der Weide und alles andere. Vielleicht könnte sie eine kleine Sammlung machen? Die meisten Mädchen im Stall hatten Eltern, die genügend Geld besaßen. Vielleicht brauchten sie noch jemand an der Kasse im Kiosk? Abends und an den Wochenenden? Aber an den Wochenenden mußte sie ja den Bus nehmen und nach Nyvallen fahren. Ihre Mutter war an allem schuld! Schließlich hatte Malin Geld auf ihrem Bankkonto!

Der Abstand zu Nyvallen wurde geringer, langsam, aber sicher. Und mit jedem Schritt wurde es klarer, daß sie nicht nach Sjöböle zurückkehren konnten.

Die Wege am Skarvfjäll führten steil bergauf.

„Lappenhandschuhe" pflegte Großmutter die Schneeflocken zu nennen, wenn sie so groß waren. Wie sie sich freuen würde! Sie würde die Pfanne auf den Herd stellen und Pfannkuchen backen, Malins konkurrenzloses Lieblingsessen. Mit Schwimbeermarmelade, Sahne und Zucker. Schwimbeermarmelade war eine Mischung aus Himbeeren und schwarzen Johannisbeeren. Den Namen hatten sie erfunden, als Malin noch klein gewesen war und in Nyvallen wohnte. Einmal, als Großmutter den ganzen sonnigen, warmen Augusttag draußen gewesen war und Beeren gepflückt hatte, hatte sie hinterher die leckerste Marmelade aus verschiedenen Beeren gekocht. Schwimbeermarmelade schmeckte am besten zu Pfannkuchen. Und später würde sie in einem herrlich weichen Bett mit Daunendecke im Alkoven vor der Küche schlafen. Sie dachte an den Duft und die Wärme des altmodischen Holzfeuerofens, der immer funktionierte, auch wenn einmal der Strom ausfiel. Und Amie würde sicher und gut versorgt im trockenen Schuppen stehen und konnte sich ausruhen.

Himmel, was für einen Hunger man kriegte, wenn man so im Tiefschnee herumstapfte. Wollte es denn überhaupt nicht aufhören zu schneien? Nachdem es zwei Stunden geschneit hatte, reichte Malin der Schnee fast bis an die Knie. Ihre Hände waren eiskalt. Amie ließ den Kopf tief hängen, langsam ging sie voran.

Bei einem großen Felsblock blieb Malin stehen. Die Seite zum Weg hin war ein schräges Dach, genau wie in Großmutters Alkoven. Tief drinnen war die Erde noch nackt, aber von verwelktem Laub bedeckt, das der Wind unter den Stein geweht hatte.

Sie bürstete Amie den Schnee ab und sich selbst auch. Dann gab sie der kleinen Stute fünf Scheiben von dem Knäckebrot, holte den Spirituskocher hervor und füllte Spiritus in den Brenner. Aber wo waren die Streichhölzer? Nicht im Rucksack, auch in keiner Tasche. Nirgends. Doch, jetzt erinnerte sie sich. Sie hatte sie gestern abend neben den Spirituskocher gelegt. Jetzt lag die Schachtel einige Kilometer weit weg unter dreißig Zentimeter Neuschnee.

6 10270-9

Also hatte sie nichts Warmes zu essen oder zu trinken. Ausgerechnet jetzt, wo sie es doch am nötigsten brauchte. Der kleine Büchsenöffner rutschte in ihren steifgefrorenen Händen, als sie versuchte, die Dose Schinken zu öffnen. Sie kriegte nur ein kleines Loch in die Dose, durch das sie ein bißchen Schinken herausbohren konnte.

Die Tüte mit den Chips war noch da. Die Hälfte aß Malin, die andere Hälfte bewahrte sie auf, obwohl sie noch sehr hungrig war. Es würde ja noch zwei Tage dauern, ehe sie bei der Großmutter war. Bis dahin mußte das Essen reichen.

Die Hände in den Jackentaschen und die Schlaufe des Führstricks in der linken Hand, setzte sie die Wanderung mit dem geduldigen grauen Pony fort.

Stunde um Stunde arbeiteten sie sich durch den Schnee, der tiefer und tiefer wurde. Als es dämmerte, reichte er Malin bis zu den Knien, und sie mußte immer öfter stehen bleiben und sich ausruhen. Amie wollte überhaupt nicht mehr gehen; sie war erschöpft, und Malin mußte sie nach jeder Pause am Strick weiterziehen. Immer wieder redete sie dem grauen Pony gut zu – und auch sich selbst.

In den Baumwipfeln begann es zu wehen, und Schnee fiel von den Zweigen. Es schneite weiter, aber anders als vorher. Statt der großen segelnden Watteflocken kamen jetzt harte Körnchen vom Himmel.

Bei einem unendlich großen Kahlschlag nahm der Wald jäh ein Ende, eisiger Nordwestwind warf sich Amie und Malin entgegen. Er häufte hohe Schneewehen auf ihren Weg, kühlte sie aus mit seiner Eiseskälte, die er vom Nördlichen Eismeer mitbrachte, und verschloß ihre Augen mit nadelscharfen Schneekörnern.

So lange sie durch den Wald gegangen waren, hatten sie den Wind nur dadurch bemerkt, daß sich die Baumwipfel bewegten, aber hier draußen im Kahlschlag tobte der Wind, da gab es keinen Schutz.

Malin wußte nicht, wie spät es war oder wie weit sie gegangen waren, aber sie war sicher, daß sie nicht allzu viele Kilometer geschafft hatten. Nicht genug, um die Strecke in zwei Tagen zu schaffen. Deswegen ging sie weiter über den Kahlschlag, trotz des mörderischen eiskalten Nordwestwindes.

Es war ein Gefühl, als seien sie auf dem Weg in eine dunkle Unendlichkeit. Aber jetzt hatte Malin keine Wahl mehr. Sie mußten weiter, so weit wie möglich. Amie schnaubte schwer schräg hinter ihr. Das arme kleine Pony, dieser Gewaltmarsch konnte nicht gut für ihre Gelenkschwellung sein. Aber jetzt war das Wichtigste, daß sie vorankamen.

Malin ruhte sich immer öfter aus. Während der Pausen lehnte sie sich gegen Amie, und diese Pausen wurden länger und länger. Nachdem sie einige Stunden vorwärtsgestapft waren, konnte sich Malin nicht mehr auf den Beinen halten. Sie fiel auf die Knie, um sich auszuruhen.

Die Stiefel waren voller Schnee, der geschmolzen war und ihre Strümpfe und Füße durchnäßt hatte. Der feine Schnee war ihr in den Halsausschnitt und unter das Hemd gedrungen, sie war durch und durch kalt und durchnäßt. Keine Faser ihrer Kleider war trocken.

Ausruhen, ausruhen. Sie schob den Schnee vor sich beiseite und beugte sich vornüber, gestützt auf die Ellenbogen. Das war gut. Sie atmete nicht mehr so heftig und angestrengt. Die Pausen zwischen den Atemzügen wurden länger. Und auch Amie keuchte nicht mehr so heftig. Regungslos stand das Pony da.

Der Schnee wirbelte herunter in ihre Grube und deckte sie rasch zu, ohne daß Malin es spürte. Sie fror nicht.

Sie war mit Großmutter im Himbeerschlag. Große rote Himbeeren, die vom Zweig fielen, wenn man sie nur berührte. Sie hatte einen kleinen blauen Eimer, der fast voll war, als sie nach Hause gingen. Die Großmutter lobte sie. Sie trug einen Zehn-Liter-Eimer in der Hand, voll der herrlichsten Beeren. In der anderen trug sie den Kaffeekorb, den sie mit Vergißmeinnicht und Mohn bemalt hatte.

Schwimbeermarmelade. Goldbraune Pfannkuchen, zusammengerührt aus Eiern von Nordströms braunen Hühnern, die den ganzen Sommer über draußen picken durften.

Es war gut, auszuruhen. Schön unter der Daunendecke.

Plötzlich kriegte sie einen Stoß von hinten und fiel der Länge nach mit dem Gesicht voran in den Schnee. Verwirrt kam sie auf die Beine. Ein langgezogenes leises Wiehern und ein warmes Schnauben in ihrem Nacken brachte sie wieder zur Besinnung, und sie rieb sich die Augen, um die steifen Lider wieder zu bewegen.

Blinzelnd und zitternd vor Schwäche entdeckte Malin, daß es aufgehört hatte zu schneien. Sie mußte eine ganze Weile geschlafen haben. Amie hatte Malin geweckt. Malin streichelte ihre Freundin mit klammen Fingern. Sie nahm den Führstrick wieder auf und ging los. Steifbeinig setzte sich auch die Ponystute wieder in Bewegung.

Sie schafften nur ein paar Meter, dann mußten sie wieder stehen bleiben. Der dicke Schnee war anstrengend, er saugte alle Kraft aus ihren Muskeln.

Amie schnaubte irritiert. Sie hatte noch etwas Kraft, und Malin begriff, daß ihre einzige Chance darin bestand, daß sie ritt. Sie hielt sich an Amies Mähne fest und zog sich mit der letzten Energie auf den Rücken des Ponys. Das Führseil ließ sie hängen, sie hatte nicht einmal mehr Kraft, sich vorzubeugen und es zu nehmen und abzuhaken. Und während sie mit dem Bauch auf Amies warmem Rücken lag, gab sie durch einen Druck der Schenkel das Signal, anzutreten. Mit großen Schritten, getrieben von einer Urkraft, die sie von ihren wilden Vorfahren in den schwer zugänglichen Bergen von Wales geerbt hatte, setzte Amie den Weg fort.

Sie waren weit hinauf gekommen. Die Wolken hatten sich gelichtet, und ein heller Mond, der rasch am Horizont aufstieg, zeichnete die Konturen schneebedeckter Berge und Wälder ab und beleuchtete den Weg für die beiden Freundinnen, die so weit entfernt von jeder menschlichen Behausung waren, draußen auf einem riesigen Kahlschlag, wo es keinen Baum gab, unter dem sie sich ausruhen konnten.

Der Vollmond stieg hinauf, den Sternen entgegen, und wurde kleiner und weißer. Die Körperwärme des Ponys übertrug sich auf das Mädchen, das auf seinem Rücken lag. Nur die Füße bekamen nichts von der Wärme ab. Malin versuchte, die Zehen zu krümmen, aber sie hatte kein Gefühl mehr in den Füßen und wußte nicht einmal, ob sie sie wirklich in Henning Nilssons Stiefeln bewegte.

Wenn ihre Zehen erfroren, war nichts dagegen zu machen. Hauptsache, sie erfror nicht ganz und gar. Wie lange würde die kleine Amie durchhalten und durch die Schneewehen stapfen? Würden sie jemals wieder Wald erreichen? Schützende Baumstämme und dichtes Unterholz? Der Schlafsack würde ein bißchen Wärme speichern, wenn es Malin gelang, sich an einer geschützten Stelle niederzulegen. Vielleicht könnten sie und Amie sich dicht zusammenkauern und gegenseitig wärmen?

Amie arbeitete sich entschlossen voran, und im Licht des Mondes sah Malin erleichtert, daß sie sich endlich, endlich dem Waldrand näherten. Nun würde sie eine große dichte Tanne suchen, unter deren Schutz sie sich verkriechen konnten.

Aber plötzlich blieb Amie ruckartig stehen, so daß Malin fast von ihrem Rücken fiel. Mit weit geöffneten Nüstern witterte die Stute. Malin richtete sich auf und starrte zum Wald hinüber. Konnte es ein Tier sein? Ein Elch? Oder ein Bär, der, überrascht vom plötzlichen Winter, es nicht geschafft hatte, seinen Winterschlaf zu beginnen? Zu dieser Zeit gab es viele Bären im Wald, das wußte Malin.

Etwas stach ihr in die Nase. Malin holte tief Luft. Rauch! Irgendwo brannte es! Und das konnte kaum ein Waldbrand mitten im Winter sein.

Sie trieb Amie wieder an, drückte mit ihren steifen Schenkeln und schnalzte mit klammen, verfrorenen Lippen.

Zögernd ging Amie auf den Rauchgeruch zu. Nach hundert Metern bog der Weg ab. Und hinter der Biegung sah Malin, woher der Rauch kam.

Da war ein großes, rundes Segeltuchzelt mitten auf dem Weg.

Aus dem Schornsteinrohr in dem spitzen Dach ringelte sich eine dünne Rauchfahne in das besternte Himmelsdach.

Amie blieb stehen, sie ging sogar ein Stück rückwärts, als sie das unbekannte Hindernis auf dem Weg entdeckte. Aber Malin hatte neue Kräfte bekommen und redete ihr energisch zu, sich dem Zelt zu nähern.

Das Zelt stand mitten auf einer Wegkreuzung. Genau hinter dem Zelt führte der Forstweg weiter, aber nach links führte ein anderer Weg in den Wald, zum Skarvfjäll. Auf diesem Weg parkte eine Anzahl Autos in Dreierreihen und versperrte den Durchgang. Die Wagen waren verschneit, so wie alles hier, aber Malin meinte den alten Kombi zu erkennen, der am Tag vorher an ihr vorbeigefahren war. Das war also ihr Ziel gewesen! Als sie Malin gezwungen hatten, in den Wald zu laufen und sich mit Amie zu verstecken, hatte sie still für sich alle Autos verwünscht, aber jetzt war sie unheimlich froh, sie wiederzusehen.

Die Rettung! Um das Zelt war der Schnee festgetreten, und dort ließ sich Malin vom Rücken ihres Ponys gleiten. „Hallo!" rief sie gegen die Zeltbahn.

Sie hörte, wie es sich dort drinnen bewegte. Da waren Stimmen, Flüstern, Räuspern. Die Zeltplane am Eingang wurde zur Seite geschoben, und mehrere Personen stürzten heraus. Im Dunkel konnte Malin nicht erkennen, wie sie aussahen, aber sie unterschied Männer- und Frauenstimmen, ehe die Beine unter ihr nachgaben und sie geradewegs in die Arme eines großen Mannes mit einem dichten Vollbart fiel. Der Bart war grau, und das Haar reichte dem Mann bis zu den Schultern.

Malin hörte, wie die Leute durcheinanderredeten, und wie Amie schnaubte. Dann wurde sie auf starken Armen in die Wärme des Zeltes getragen und auf ein Lager aus Stroh gebettet.

Als sie sich benommen umschaute, sah sie, wie einer nach dem anderen hereinkam und sich in einen Kreis um den Kamin in der Mitte des Zeltes setzte. Alle starrten sie neugierig an. Neben dem Feuer stand ein Schemel, und neben dem Schemel lag ein Haufen Feuerholz. Unter der Decke hing eine Petroleumlampe und verbreitete weiches Licht im Raum.

Draußen wieherte Amie leise.

„Kümmert sich jemand um sie?" fragte Malin ängstlich. „Ich muß zu ihr!"

„Klar", grollte der große Mann, der sich neben ihr niedergelassen hatte. „Aber wer bist du? Bist du hergekommen, um dich uns anzuschließen?"

„Wir sind auf dem Weg nach Nyvallen", sagte Malin. „Aber der Schnee hat uns überrascht. Ich hab gedacht, wir würden erfrieren!"

„Kein Wunder, daß dich friert", sagte der Mann. „So schlecht wie du angezogen bist. Gummistiefel, keine Handschuhe, keine Mütze!"

Was für ein Glück, daß er nicht weiß, daß ich anfangs nur Turnschuhe anhatte, dachte Malin.

„Haben wir noch irgendwo Decken?" fragte der Mann und sah sich um. „Und kannst du ihr ein bißchen Kleidung leihen, Pia?"

„Natürlich", antwortete Pia, ein Mädchen mit dunklem Pony, das zwanzig Jahre alt sein mochte. Sie kniete schon vor Malins Füßen und begann, ihr vorsichtig die Stiefel aus Henning Nilssons Landhandel in Sjöböle auszuziehen.

„Eiskalt und naß", stellte sie fest, nachdem sie den einen ausgezogen hatte. „Am Strumpf ist tatsächlich Eis. Du mußt ja entsetzlich gefroren haben! Arme Kleine!" Sie rollte einen Strumpf herunter und zog ihn aus. „Hast du noch Gefühl im Fuß? Beweg mal die Zehen!"

Malin tat es, und sie sah mit Verwunderung, daß ihr großer Zeh sich bewegte, ohne daß sie es spürte.

„Ich helf dir aus den Kleidern, dann wollen wir doch mal sehen, ob wir nicht wieder Leben in dich kriegen", sagte Pia.

Malin ließ sich ausziehen.

Pia holte trockene Sachen und gab sie Malin, dann wickelte sie sie in eine dicke Wolldecke.

Der große Bärtige befühlte ihre nackten Füße. „Kalt wie eine sibirische Silvesternacht", sagte er. „Wir wärmen sie auf, mal sehen, ob es funktioniert. Sonst nehmen wir den jungen Hund und fahren sie in die Stadt", fuhr er fort.

„Ein junger Hund?" fragte Malin verdutzt.

„Der junge Hund ist unser Militärjeep", erklärte Pia. „Der rauscht durch Tiefschnee wie nichts."

Der große bärtige Mann nahm Malins Beine, die Füße auf sich gerichtet, zog seinen Norwegerpullover aus, knöpfte sein Hemd auf und hielt ihre Füße gegen seinen gerundeten Bauch. Malin sah, wie ein Beben durch seinen Körper ging bei der Berührung. Aber der Mann tat so, als spüre er keine Kälte.

„Fuß-gegen-Bauch-Methode", erklärte er und lachte, daß sein Bauch wackelte. „Du kriegst von meiner überschüssigen Wärme ab."

„Du könntest ihr auch ein bißchen von deinem überschüssigen Fett abgeben", sagte ein glatzköpfiger Mann mit rotem Bart, der so etwas wie eine grüne Uniform trug und gerade Malins Gepäck hereinbrachte.

Alle lachten, und der Mann, der Malins Füße an seinem Bauch wärmte, war nicht beleidigt, sondern lachte auch. Er sah Malins Blick und fragte: „Wie geht's dem Pony?"

„Wir sind gerade dabei, aus dem Verdeck vom Anhänger und ein paar Stangen einen Unterstand zu bauen", antwortete der Rotbärtige. „Das ist nicht leicht im Dunkeln, aber es geht. Ein Glück, daß wir noch Strohbündel übrig hatten. Die werden sein Fußboden und wärmen ihn!"

„Sie", sagte Malin. „Es ist eine Stute!"

„Okay, eine Stute. Sollen wir ihr das Heu geben?"

„Ja, bitte, doch es ist wahrscheinlich fast nichts mehr da, oder? Aber wenn Sie ihr ein bißchen von dem Hafer aus dem Plastiksäckchen geben würden, das wäre nett", sagte Malin. „Und Wasser, bitte!"

„Wird gemacht!" Der Mann in der grünen Kleidung verschwand wieder.

Eine grauhaarige Frau mit großen Brillengläsern in einem schwarzen Brillengestell reichte Malin einen Becher mit dampfender heißer Fleischbrühe.

„Ich nehme an, du hast Hunger und Durst", sagte sie. „Ich werde dir ein paar Butterbrote machen. Wir haben genug zu essen."

„Wie nett ihr alle seid", sagte Malin. „Aber wer seid ihr eigentlich?"

„Ich heiße Bengt", sagte der Mann mit dem langen Haar und dem Bart. Im Schein der Petroleumlampe war er einem Mann ähnlich, den Malin schon einmal gesehen hatte. Sie suchte in ihren Erinnerungsbildern. Ja, er war auf einem großen Gemälde, das sie im Nationalmuseum in Stockholm gesehen hatte. Es war Claudius, den Rembrandt gemalt hatte. Aber der hier hatte kein Schwert. Trotzdem sah er aus wie ein König, wie er dasaß, umgeben von seinen Untertanen.

„Sture, Camilla, Agnes, Susanne, Christer und Axel!" Er zeigte auf die, die am nächsten saßen. „Der gerade rausgegangen ist, um dein Pferd zu füttern, heißt Karl-Aron. Und wie heißt du?"

„Malin. Aber was macht ihr hier oben im Wald?"

„Wir wollen versuchen, den Wald am Skarvfjäll zu retten", erklärte Pia. „Du weißt vielleicht, daß beschlossen worden ist, hier oben hundert Hektar Wald abzuschlagen."

Nein, davon hatte Malin nichts gehört.

„Das verstehe ich", sagte Bengt. „Der Beschluß ist in aller Stille gefaßt worden. Sie wollten anfangen abzuholzen, ohne daß es jemand merkt."

„Warum sollen sie den Wald nicht abhauen dürfen?" fragte Malin.

„Dieser Wald wächst zwischen sechshundert und siebenhundert Meter über dem Meeresspiegel", sagte Pia. „Wenn sie hier Wald abholzen, werden wahrscheinlich nie mehr neue Bäume nachwachsen."

„Man kann doch neue pflanzen", sagte Malin, die geholfen hatte, in den Sommerferien einige Wochen lang Tannen zu pflanzen.

„Die Pflanzen schaffen es nicht. Du bist doch sicher, kurz bevor du zu uns kamst, auf einem großen Kahlschlag gewesen?" fragte Pia.

„Ja, es war furchtbar. Ich dachte schon, der würde kein Ende nehmen. Da stürmte es schrecklich!" Malin schauderte, als sie daran dachte, daß sie fast da draußen in der Kälte geblieben wäre. Wenn Amie sie nicht geweckt hätte.

„Den Wald hat man vor achtzehn Jahren abgeholzt", sagte Pia. „Man ließ hier und da einen Baum stehen, damit sie sich versamen und auf natürlichem Weg vermehren sollten. Aber ein Baum, der allein, ohne schützenden Wald um sich herum stehen bleibt, wird leicht umgeweht und stirbt. So war es hier. Dann haben sie vor dreizehn Jahren neu gepflanzt, und noch einmal vor sieben Jahren. Aber die Sprößlinge sind abgestorben. Es gibt keine Samen, aus denen Pflanzen entstehen, die mit dem Klima hier oben fertig werden", erklärte Pia.

„Außerdem hat sich das Klima verschlechtert", sagte Bengt. „Einiges von dem Wald, der hier oben am Fuß der Berge wächst, ist im trockenen Frost abgestorben. Der Bodenfrost geht auch im Sommer nicht aus der Erde, und daher trocknen die Bäume aus."

„Die Bäume erfrieren sich die Füße“, sagte Pia. „Wie ist es mit deinen?“

„Es prickelt“, sagte Malin.

„Gut, dann ist noch Leben in ihnen.“

Malin merkte, daß Bengt ihre Füße von Zeit zu Zeit an eine andere Stelle legte, nachdem sie neue Teile seines Bauches und der Brust abgekühlt hatten.

„Bergnah nennen wir solche Wälder wie diese hier“, sagte Bengt. „Es gibt noch andere Gründe, die Bäume nicht abzuholzen. An vielen alten Bäumen wächst Moos. Hängemoos an den Bäumen und anderes Moos, das auf dem Boden wächst, ist lebenswichtig als Rentiernahrung. Wenn man die Bäume schlägt, kann das Gebiet nicht mehr dazu benutzt werden, Rentiere weiden zu lassen. Wir sind davon überzeugt, daß die Bäume und Pflanzen mehr Recht auf diesen Boden haben als die großen Konzerne.“

„Dieser Wald ist sehr wichtig für das Überleben von Tieren“, sagte Pia. „Eulen, Falken, Spechte und kleine Vögel aller Arten brauchen den Wald, um darin zu leben. Hier oben gibt es sogar Königsadler. Und andere Tiere von Bären über Vielfraße bis zu Luchsen. Außerdem lebt hier kleines Kriechgetier im Boden, das den alten Wald auch zum Überleben braucht. Und der Wald braucht diese Tiere!“

Karl-Aron, der mit dem roten Bart, war mit zwei anderen Männern, die geholfen hatten, einen Unterstand für Amie zu bauen, hereingekommen. Er setzte sich auf den Schemel und wärmte sich die Hände überm Feuer.

„Aber die Politiker, die dieses Land regieren, pfeifen darauf, was die Naturschützer wollen“, sagte er. „Sie geben die Genehmigung, jedes Stück Wald kahlzuschlagen, das den Konzernen lohnenswert erscheint. Sie scheren sich einen Dreck darum, ob die Menschheit untergeht, wenn unter dem Strich für sie selbst nur das große Geld herauskommt!"

Karl-Aron wurde rot vor Erregung, während er sprach, und Malin fürchtete sich fast vor ihm. Er saß ihr so nah, daß seine Stiefel fast ihren Arm berührten.

„Aber wie könnt ihr die aufhalten, die den Wald abholzen?" fragte sie bedrückt.

„Dies ist ein strategischer Platz", sagte Bengt. „Der einzige Weg, der in das betreffende Gebiet führt!"

„Dort, wo die Autos stehen?"

„Genau. Um dahin zu gelangen, müssen sie uns erst aus dem Weg räumen, unser Zelt und die Wagen. Und das wird kein leichtes Stück Arbeit, das kann ich dir sagen!"

„Und wenn sie neben dem Weg fahren?"

„Das geht nicht. Das ist total unwegsames Gelände. Die großen Felsbrocken halten selbst die schwersten Forstmaschinen auf", sagte Pia.

Vom Unterstand aus Abdeckplanen ertönte ein helles Wiehern, und Malin zuckte zusammen. „Ich muß raus zu Amie", sagte sie und zog ihre Füße aus der Wärme zurück.

„Halt!" Bengt nahm Malins Füße und hielt sie fest. „Du gehst nirgendwo hin. Das Pferd ist versorgt!" Er betrachtete Malins Füße, die jetzt ihre Farbe geändert und von weiß in rosa übergegangen waren.

„Na, da hast du noch mal Glück gehabt. Fühlst du dich besser?"

„Ja, viel besser", sagte Malin. „Aber es sticht furchtbar!"

„Na also, das ist gut", meinte Karl-Aron. „Aber du

brauchst nicht rauszugehen. Deinem Pferd geht es so gut, wie es ihm nur gehen kann. Jedenfalls, wenn man die Umstände bedenkt."

„Woher kommst du?" fragte die Frau, die Malin die Fleischbrühe gegeben hatte und ihr jetzt Butterbrote mit Käse und Salat anbot.

„Ich wohne in einem Dorf einige Meilen südlich", sagte Malin vorsichtig.

„Wäre es nicht einfacher gewesen, die Landstraße zu nehmen?" fragte die Frau.

„Doch, irgendwie schon." Malin schaute zu Boden. Es widerstrebte ihr, die netten Leute zu belügen. Sonst hätte sie ja behaupten können, Amie habe Angst vor Autos oder so was ähnliches. Aber das wollte sie nicht. Außerdem stimmte es gar nicht.

„Deine Eltern machen sich bestimmt Sorgen", fuhr die grauhaarige Frau fort. „Mein Autotelefon ist kaputt, sonst hätten wir sie anrufen und ihnen sagen können, daß du in Sicherheit bist."

„Nein, die machen sich keine Sorgen. Mama ist verreist", sagte Malin schnell.

„Aber derjenige, den du besuchen willst?"

„Ach, das geht schon in Ordnung!"

Die ältere Frau sah Malin nachdenklich an, sagte aber nichts mehr. Sie zog sich auf ihren Platz an der anderen Seite des Feuers zurück.

Malin war dankbar, daß sie keine lästigen Fragen beantworten mußte. Sie wollte weder lügen noch die Wahrheit erzählen.

„Hast du schon mal von den Baumumarmern gehört?" fragte Pia. „Oder den Baumfreunden?"

„Sind das nicht die, die verhindern wollten, daß eine

Autobahn an der Westküste gebaut wird?" Malin sah Pia an.

„Ja. Agnes war eine von ihnen." Pia nickte zu dem Platz, wo sich die grauhaarige Frau auf ihrem Schlafsack niedergelassen hatte. „Und jetzt hilft sie uns, die Abholzung der bergnahen Wälder zu verhindern. Solche Aktionen kosten Geld, weißt du, und weil Agnes findet, sie habe mehr Geld, als sie braucht, hilft sie uns bei den Kosten."

„Baumumarmer, das klingt witzig", sagte Malin.

„Ja, und es gibt Baumumarmer an vielen Orten auf der Welt", sagte Pia. „In Indien ist es Baumumarmern gelungen, Wälder am Fuß des Himalaya zu retten. Und hier in Schweden gab es schon in den sechziger Jahren Baumfreunde. Ich meine die, die in den Ulmen in Stockholm gesessen und es geschafft haben, daß die Bäume nicht gefällt wurden."

„Aber das war ein Unterschied", sagte Karl-Aron. „Ich war dabei, und das war viel einfacher. Wenn man ein paar vereinzelte Bäume mitten in Stockholm retten will, dann hat man viel mehr Publikum, als wenn man versucht, hier oben mehrere tausend Bäume zu retten. Alle möglichen Leute haben sich am Protest in Stockholm beteiligt, denn dort hatte man die Bäume direkt vor sich. Man sah die Ulmen jeden Tag. Aber hier müssen wir schon froh sein, wenn die Lokalzeitungen ein paar Zeilen darüber bringen. Kaum jemand interessiert sich für den Wald beim Skarvfjäll."

„Warum wollt ihr denn in die Zeitung kommen?" fragte Malin.

„Um Aufmerksamkeit zu wecken natürlich", sagte Pia. „Nicht unseretwegen, sondern wegen des Waldes, damit die Leute auf das Problem mit den bergnahen

Wäldern aufmerksam gemacht werden."

„Hört mal, sollten wir nicht langsam in die Schlafsäcke kriechen?" schlug Bengt vor. „Es ist schon nach Mitternacht. Morgen kommen die Maschinen, und da müssen wir munter und wachsam sein."

„Woher wißt ihr, daß sie morgen kommen?" fragte Malin.

„Wir *müssen* es wissen, ihnen voraus sein, wenn wir überhaupt eine Chance haben wollen", sagte Bengt kurz. „Hier, nimm meinen Schlafsack, ich nehme ein paar Decken."

„Nein", protestierte Malin. „Ich kann gut unter den Decken schlafen."

„Tu, was der Lagerchef sagt", gab Bengt mit barscher Stimme zurück, die Malin dazu brachte, nicht mehr zu protestieren.

Brav kroch sie in den Schlafsack. Sie zählte zwölf Leute im Zelt. Alle lagen mit dem Kopf zur Zeltwand und mit den Füßen zum Feuer. Pia hatte von Karl-Aron die Feuerwache übernommen. Sie würde die nächsten zwei Stunden aufpassen, daß das Feuer nicht ausging oder auf das Stroh übergriff. Dann war Bengt an der Reihe.

Die Menschen um das Feuer herum unterhielten sich weiter, auch nachdem sie sich hingelegt hatten, aber Malin hörte nicht mehr zu. Sie war so müde, total erschöpft. Das letzte, was sie sah, bevor sie einschlief, war Bengts großer Bart und sein ruhiger entschlossener Blick. Dann schlief sie ein und schlief die ganze Nacht geborgen, während die Waldretter einander mit der Feuerwache abwechselten und Amie ruhig auf ihrem Strohbett stand und sich in ihrem windgeschützten Unterstand ausruhte.

7 10270-9

Malin erwachte von Lärm, Aufruhr und vielen lauten Stimmen. Jemand stolperte über ihren Schlafsack.

„Entschuldigung!"

Einige Sekunden später war Malin allein im Zelt.

Ihre Kleider und Stiefel hingen zum Trocknen an Leinen über dem Kamin, und sie zog sich schnell an, legte Pias Sachen auf einen ordentlichen Haufen und kroch gebückt aus dem Zelt. Sie mußte jetzt zu Amie.

Hände und Füße fühlten sich wie immer an. Sie wußte, daß sie Glück gehabt hatte, daß sie sich nichts erfroren hatte. Nur in den Ohrläppchen tat die Kälte ein bißchen weh.

Es war frühe Dämmerung, der Mond war weitergewandert, aber das Zeltlager wurde von Scheinwerfern erleuchtet. Das Licht kam von einem Schneepflug, der einige Meter vor einem Zelt stehengeblieben war. Es war so ein Zelt wie das, in dem sie heute nacht geschlafen hatte. Als sie gestern abend zum Lager gekommen war, hatte sie das andere Zelt nicht bemerkt, das etwa dreißig Meter weiter unten am Weg aufgestellt war.

Vor dem roten Spitzenpflug des gelben Wagens standen die Baumretter. Ruhig warteten sie Arm in Arm wie eine Mauer. Malin konnte Bengts breiten Rücken mit den mächtigen Schultern mitten in der Gruppe erkennen. Daneben Karl-Aron, den Kopf vorgestreckt wie ein Stier vor dem Angriff auf den Torero.

Der Fahrer des Lasters drehte das Seitenfenster herunter und steckte den Kopf mit Schirmmütze und Brille heraus.

„Seid bitte so nett und räumt den Weg, die Zelte auch. Ich muß hier durch!"

Malin sah, wie es in Karl-Aron zuckte, als ob er zum Angriff übergehen wollte.

Aber Bengt löste sich aus der Kette und ging zu dem Schneepflugfahrer. „Wir werden uns nicht von der Stelle rühren", sagte er freundlich. „Es tut mir leid, aber Sie müssen leider rückwärts fahren."

„Was zum Teufel! Wer seid ihr eigentlich? Das hier ist ein Privatweg, und ihr habt kein Recht, mich daran zu hindern, hier den Schnee zu räumen!" rief der Fahrer aufgebracht. „Wenn ihr nicht aus dem Weg geht, fahre ich euch um!"

„Sie können beim Engländer umdrehen", sagte Bengt ruhig.

„Bis dahin ist es verdammt noch mal mehr als fünf Kilometer!" schrie der Fahrer.

Schweigend kehrte Bengt an seinen Platz in der Kette zurück.

Der Fahrer legte den Gang ein, hastig, so daß es ordentlich knirschte, dann ließ er den Dieselmotor aufheulen, daß es im Wald widerhallte, und ließ die Kupplung kommen. Schnee spritzte von den Schneeketten auf den Hinterrädern, als sie ins Rollen kamen. Einige Sekunden später griffen die Räder, und das Fahrzeug bewegte sich vorwärts.

Malin floh erschrocken nach hinten zum Zelt, aber als sie sich umdrehte, sah sie, daß das Fahrzeug angehalten hatte. Der Pflug war nur wenige Zentimeter von den Waldrettern entfernt. Der Fahrer hatte nur versucht, sie zu erschrecken.

Aber keiner der Menschen vor dem Schneepflug hatte sich gerührt. Alle hatten das schon früher erlebt, und sie wußten, daß der Lastwagenfahrer nur ein gewöhnlicher Mensch war, der seinen Job zu tun versuchte und keineswegs bereit war, Leute totzufahren, nur um sein Ziel zu erreichen.

Dann wurde der Pflug von der Hydraulik des Lasters angehoben, und das Fahrzeug begann seinen langen und mühseligen Weg, fünf Kilometer rückwärts hinunter zur Abzweigung, die zum Engländer führte, wie Bengt gesagt hatte.

Als die Lichtkegel verschwunden waren, löste sich die menschliche Mauer auf, und mit Bengt an der Spitze kehrten alle in die Zelte zurück.

„Nett von ihm, daß er uns den Weg gebahnt hat", sagte Karl-Aron munter im Vorbeigehen zu Malin. „Falls wir auf die Idee kommen, von hier abzuhauen."

Malin ging zu Amies kleinem Stall aus Zeltplanen. Amie stand apathisch da. Sie reagierte kaum, als Malin sich unter die Plane drängte und zu ihr kam. Besorgt tastete Malin ihr Bein ab. Es schien wieder weh zu tun, die Schwellung war wieder stärker geworden. Obwohl Malin erschrak, streichelte sie die graue Stute zärtlich und redete ihr gut zu. Arme Amie! Der schreckliche

Weg durch die Schneewehen, bei eisigem Wind, war einfach zu anstrengend gewesen. Malin hatte Amies Leben retten wollen! Nun war das Gegenteil eingetreten. Wenn Amie sie in der Schneewehe nicht geweckt und dann auf ihrem Rücken zu den Waldrettern getragen hätte, hätte Malin die Nacht nicht überlebt. Jetzt mußte sie sich bis aufs äußerste anstrengen, um Amie in Sicherheit zu bringen. Das war sie ihr schuldig.

Auch ihre Portion Hafer fraß Amie nur langsam und zögernd. Aber Malin war froh, daß der Weg geräumt war. Jetzt würde Amie das Gehen nicht mehr so schwer fallen.

Vor dem Zelt standen zwei große Wasserkessel auf einem Gaskocher. Pia und Agnes waren offenbar an der Reihe mit Frühstückmachen. Sie hatten Becher, Brot und Butter auf einem Brett hingestellt, das über zwei Holzblöcke gelegt war.

„Wer ist der Engländer?" fragte Malin.

„Er wohnt auf einem alten Berghof in Richtung Nyvallen", antwortete Pia. „Man biegt nach links ab, wenn man von hier kommt. Er hat Ziegen, und außerdem macht er für die Leute in der Umgebung Taschen und Schuhe."

Malin frühstückte im Stehen. Der Tag wurde immer heller. Die Stimmung unter den Baumrettern war gut, alle waren erleichtert, daß die erste Begegnung mit dem Gegner glimpflich abgelaufen war. Pia erzählte Malin, daß sie an der Sozialhochschule studierte und daß Bengt Krankenpfleger in einem Krankenhaus außerhalb von Stockholm war. Welchen Beruf Karl-Anton hatte, wußte sie nicht, aber anscheinend hatte er keine feste Arbeit, da er bei allen Protestaktionen zur Rettung der

Umwelt überall in Schweden auftauchte. Agnes, die mit Geld zu den Aktionen beitrug, war die Witwe eines erfolgreichen Bauunternehmers in Göteborg, sie war Hausfrau gewesen, bis ihr Mann starb. Die meisten anderen im Lager kamen aus dem Süden, außer Christer und Camilla, die aus einem Dorf einige Meilen nördlich von Nyvallen waren.

„Und was passiert jetzt?" fragte Malin.

„Tja, der arme Fahrer ist jetzt wohl unten und hat gewendet. Ich nehme an, da sind einige Laster unterwegs auf der Landstraße. Sie sind mit großen Maschinen beladen, solche, mit denen man Bäume schlägt. Der mit dem Schneepflug hat wahrscheinlich über Funk mitgeteilt, daß wir hier sind und die Durchfahrt verhindern. Und dann ... ja, dann kommen wahrscheinlich einige Männer herauf und schlagen vor, daß wir abziehen sollen. Wir werden uns natürlich weigern."

„Und dann?"

„Das weiß ich noch nicht. Wir werden es sehen."

„Der erste Laster war also nur hier, um den Weg für die anderen mit den Maschinen freizuräumen?"

„Stimmt." Pia nickte.

Malin packte ihre Sachen zusammen und bedankte sich, besonders wegen Amie. Agnes hatte ihr ein bißchen Proviant vorbereitet, der sicher einige Tage reichen würde.

Die Sonne war aufgegangen, als sie zur Reise des Tages aufbrachen, die Hügel hinab in Richtung Nyvallen. Amie ging steifbeinig, zuweilen stolperte sie im Schnee. Malin hatte ein paar saubere Lappen bekommen, mit denen sie das Hinterbein des Ponys bandagiert hatte. So wurde das Gelenk ein wenig geschützt. Jedenfalls war die Schwellung nicht schlimmer geworden. Leise sprach Malin mit dem grauen Pony, so wie sie es immer tat.

Die Schneekristalle funkelten in der Morgensonne, ein Auerhuhn flatterte mit schwerem Flügelschlag quer über den Weg, und ein paar Meisen guckten neugierig den beiden Freunden nach, die langsam den frisch geräumten Weg entlangwanderten. Wenn Amies Bein nicht gewesen wäre, hätte es ein herrlicher Spaziergang sein können.

Schließlich kamen sie zu der Abzweigung, die zu dem Haus des Engländers führte. Auch dieser Weg war geräumt. Malin hatte sich den Kopf darüber zerbrochen, wie die Karte, die sie liegen gelassen hatte, eigentlich ausgesehen hatte. Wenn sie sich richtig konzentrierte, war es ihr vorgekommen, als hätte es ungefähr da, wo der Berghof liegen sollte – wie Pia gesagt hatte – ein paar schwarze Punkte auf der Karte gegeben. Wenn das stimmte, dann lag der Hof nur ein paar hundert Meter von dem Forstweg entfernt, der durch den Wald führte.

In der Nacht hatte Amie den letzten Rest Heu, der in dem Maschendraht gewesen war, gefressen. Malin überlegte, wenn der Engländer Ziegen hielt, dann hatte er sicher auch Heu. Nicht, weil Amie besonders großen Appetit hatte, aber es war wichtig, daß sie fraß. Sie mußte bei Kräften bleiben, denn es war immer noch ein ganzes Stück bis Nyvallen.

Nachdem sie eine Zeitlang den abzweigenden Weg entlanggegangen waren, kam ein wie verrückt bellender Lappenhund angestürzt. Der Hund konnte Malin nicht erschrecken. Sie kauerte sich hin und lockte ihn. Aber der große graue Hund wagte sich nicht heran. Er hielt sich ärgerlich winselnd und kläffend in angemessener Entfernung.

Auch Amie war nicht beieindruckt von dem Empfang des Hundes; sie sah ihn nur nachdenklich an, wie er da aufgeregt herumlief und bellte.

Malin und das Pony gingen weiter, und bald tauchten ein paar niedrige Holzhäuser an einer Seite des Weges auf. Unerschrocken betrat Malin trotz der wilden Bellerei des Hundes den Hof. Zwei halbverrottete Pfosten bildeten die Toreinfahrt. Amie hob den Kopf und witterte. Hier schien es etwas Interessantes zu geben.

Ein helles Wiehern von irgendwo hinter dem Haus erklärte, was Amie bemerkt hatte.

Der große Nordschwede, der um die Hausecke bog, war Stig Nordströms Svarten in Nyvallen täuschend ähnlich. Tiefschwarz war er, hatte eine lange, krause Mähne und einen Stirnschopf, der ihm über die Augen hing.

Das Pferd war vor einen kleinen Schlitten gespannt, und darin saß ein Mann in einer dicken Lederjacke, der sich eine altmodische Zipfelmütze tief in die Stirn gezogen hatte. Der Schlitten hielt neben Amie, die sehr klein und zierlich neben dem kräftigen Nordschweden wirkte.

„Ich würde gern ein bißchen Heu kaufen", sagte Malin. „Falls Sie welches haben!"

„Klar, hab ich", antwortete der Mann mit starkem englischen Akzent. „Ist das ein Welsh Cob?"

„Ja", sagte Malin. Sie war überrascht, daß der Mann die Rasse erkannt hatte.

„I see", sagte der Engländer und betrachtete Amie. „Es kommt nicht oft vor, daß man einen Welsh hier oben antrifft."

„Kennen Sie die Rasse?" fragte Malin neugierig.

„Sure, ich komme doch aus Aberystwyth", sagte der Engländer.

„Liegt das in England?"

„Nein, es liegt in Wales. Ich weiß, daß ich der Engländer genannt werde, aber ich bin Waliser, und das ist ein Riesenunterschied. Aber hör mal, sie scheint nicht besonders munter zu sein, deine Kleine. Ist sie gesund?"

„Sie hat ein geschwollenes Gelenk", sagte Malin. „Und gestern hat sie sich überanstrengt. Wir sind vom Schnee überrascht worden und mußten uns zu dem Lager vorkämpfen, das die Waldretter aufgeschlagen haben. Ein Glück, daß sie da waren."

„O ja, die Waldretter kenne ich. Eine Schwellung, sagst du? Die muß behandelt werden!" Der Mann, der kein Engländer, sondern Waliser war, stieg aus dem Schlitten und bat Malin, die Leinen zu halten. „Hast du kürzlich das Futter gewechselt?" fuhr er fort, nachdem er Amies Beine abgetastet hatte und sich von der Untersuchung wieder aufrichtete.

„Ja", Malin nickte. „Zuerst Elofss ... ich meine, zum erstenmal haben wir es vor einer Woche gewechselt. Aber das neue Heu war ziemlich schlecht. Und in den letzten Tagen ist es mal dies und mal das gewesen. Sie wollte auch nichts fressen außer Hafer."

„Sie wurde überfordert. Das Gelenk braucht Ruhe!" sagte der Waliser entschieden. „Ich glaube, auch ihre Hufe sind nicht in Ordnung. Könnte eine beginnende Hufrehe sein! Ich hab zu Hause in Aberystwyth oft mit Welsh Cobs gearbeitet, du kannst dich auf mich verlassen!" Der Mann streichelte Amies Hals. „Hat sie Fieber?"

„Ich weiß nicht. Ich hab kein Thermometer dabei", sagte Malin bedrückt.

„Well, sie hat wohl Fieber. Das sieht man an ihren Augen", sagte der Mann. „Sie sind trübe!"

„Ist sie ernsthaft krank?" fragte Malin. Ihre Stimme zitterte.

„Ohne Zweifel", antwortete der Waliser ernst. „Aber sie wird sich wieder erholen, wenn sie ordentlich gepflegt wird. Du darfst auf keinen Fall weiter so mit ihr herumlaufen. Wohin willst du, wenn ich fragen darf?"

„Nach Nyvallen", sagte Malin.

„Oh, das geht überhaupt nicht, das ist viel zu weit. Dies Pony gehört in den Stall, muß Medikamente haben, anderes Futter und eine ordentliche Bandage. Sie darf nicht noch eine Meile bis Nyvallen gehen, das wäre ihr Todesurteil."

„Aber ich muß dorthin! Ich kann sie doch nicht hierlassen", rief Malin erschrocken.

Der Waliser sah sie forschend an. „Du wohnst nicht in Nyvallen?"

„Nein, aber ich ..." Malin wußte nicht, was sie sagen sollte. Sie fühlte sich in die Enge getrieben. Sollte sie erzählen, daß sie Amie in Großmutters altem Stall lassen wollte, der seit dreißig Jahren nicht benutzt worden war? Und daß sie geglaubt hatte, einige Mädchen aus dem Dorf würden sich um sie kümmern, während sie selbst zur Schule ging? Aber sie hatte weder mit den Mädchen noch mit der Großmutter gesprochen. Und daß Amie nicht einmal ihr eigenes Pony war? Wie konnte sie diesem Fremden erklären, daß sie dem Pony das Leben retten wollte?

„Ist ... das da Svarten?" fragte sie zögernd. Sie wollte ablenken. Sie mußte Zeit gewinnen und darüber nachdenken, was sie tun sollte. „Ich kenne die Nordströms!"

„Ja, das ist Nordströms Svarten. Ich bin gerade auf dem Weg nach Nyvallen mit ihm. Ich hab ihn einige Wochen hier gehabt, um mit seiner Hilfe meine kleinen Äcker zu pflügen. Ich wollte ihn zurückbringen, ehe der Schnee kommt, aber jetzt geht es auch, da die meisten Wege schon geräumt sind."

„Wieso ist der Weg hier bei Ihnen vorbei geräumt?" fragte Malin. „Ich dachte, die kümmern sich nur um den Weg hinauf zum Skarvfjäll!"

„Dieser Weg führt auch zum Skarvfjäll", antwortete der Waliser. „Ich hab heute morgen von dem Mann, der den Weg freigeräumt hat, gehört, daß sie aufgehalten worden sind, und deswegen nehmen sie statt dessen diesen Weg!"

Und plötzlich sah Malin, wie im Blitzlicht, das Kartenbild vor sich. Die Abzweigung vom Forstweg durch den Wald führte am Berghof vorbei, dann ein Stück weiter und ging dann in einen kurvenreichen Pfad über, der den Weg in die Berge kreuzte, den die Waldretter blockierten.

„Aber das ist doch nur ein schmaler Pfad!" rief sie.

„Sie wollen die Laster bis zum Wegende fahren lassen, die Geräte abladen und die Maschinen dann aus eigener Kraft rauffahren", sagte der Waliser.

„Ich verstehe nicht, wieso die Waldretter nicht an diese Möglichkeit gedacht haben", sagte Malin.

„Auf der neuen Karte ist dieser Pfad nicht eingezeichnet", sagte der Waliser. „Nur auf der alten."

„Wir müssen es erst denen oben im Lager erzählen", sagte Malin eifrig. „Sonst sitzen sie da und warten vergeblich, während die Maschinen woanders die Bäume vernichten!"

„Ja, das sollten wir tun", sagte der Waliser nachdenklich. „Aber ich frage mich, ob es nicht schon zu spät ist. Das scheinen die Laster zu sein, die da kommen!"

Malin hörte es auch. Ein lautes Gedröhn von schweren Lastwagen, die sich die Hänge heraufarbeiteten.

Nach einigen Minuten tauchte der erste Laster auf. Er war sehr groß und hatte eine riesige Abholzungsmaschine geladen. Hinterher kam ein grauer Jeep und zum Schluß noch ein Laster mit einer großen Maschine.

Malin und der Waliser standen zwischen den Torpfosten und sahen, wie sich die Gruppe näherte. Malins Herz klopfte wie wild. Sie spürte, wie ihre Kehle eng wurde. Sie dachte an die Entschlossenheit der Waldretter und daran, wofür diese Baumumarmer sich einsetzten. Sie mußte auch etwas tun!

Jetzt waren es noch hundert Meter. Fünfzig. Sie mußte sich entscheiden. Jetzt oder nie!

„Hier!" sagte sie zu dem verblüfften Mann neben sich und übergab ihm die Leinen von Svarten. Dann machte sie ein paar schnelle Schritte und stellte sich mit ausgestreckten Armen mitten auf den Weg.

Das Hupsignal des Lasters ließ sie heftig zusammenzucken, es klang durchdringend wie das Nebelhorn eines Schiffes. Aber sie blieb stehen, sah, wie die Vorderreifen des Lasters durchdrehten und auf dem glatten Weg auf sie zurutschten. Und als der Kühler des Lasters nur noch ein kleines Stück von ihr entfernt war, konnte sie sich nicht mehr rühren. Ihre Füße waren wie im Schnee festgewachsen.

Der Kotflügel des Lasters traf sie am Oberschenkel, bevor sie zu Boden stürzte, fing sie noch den hilflosen Blick des Fahrers auf.

Der junge Mann, der vergeblich versucht hatte, sein schweres Fahrzeug zu bremsen, kam hastig herbeigestürzt und half Malin auf die Beine.

„Ist dir was passiert?" stotterte er entsetzt.

„Nein", Malin wischte sich den Schnee von der Jacke. Ihr war ein bißchen schwindlig, aber das war der Schreck. Sie hatte sich nicht verletzt.

„Was ist in dich gefahren? Sich mitten in den Weg zu stellen! Bist du lebensmüde?" Der Lastwagenfahrer wirkte wütend, nachdem er sich vom ersten Schock erholt hatte. „Du bist wohl verrückt geworden! Wenn du dir das Leben nehmen willst, dann, zum Teufel noch mal, nicht auf diese Art! Denk gefälligst an den Fahrer! Was meinst du, was das für ein Gefühl ist, einen Menschen zu überfahren!"

„Entschuldigung, das wollte ich nicht", sagte Malin beschämt. „Ich wollte bloß nicht, daß ihr mit diesen schrecklichen Maschinen zum Skarvfjäll rauffahrt!"

„Du spinnst doch total! Gehörst du auch zu diesen Baumrettern?"

Der Fahrer war jung, nicht viel älter als zwanzig, vermutete Malin. Er schien echt besorgt zu sein. Er sah gut aus, war groß und schlank und hatte einen schwarzen, gut gepflegten Schnurrbart.

„Nein, nicht richtig", antwortete Malin. „Aber ich finde es falsch, wenn der Wald oben in den Bergen abgeholzt wird. An den Stellen dort können nie wieder Bäume wachsen!"

„Was ist los?" fragte ein älterer Mann in grüner Lodenjacke und Lederstiefeln. Er war aus dem Jeep gestiegen und kam mit zwei anderen Männern auf Malin zu.

„Ich hab sie angefahren", sagte der nette Fahrer mit dem Schnurrbart. „Sie stand mitten auf dem Weg, und die Räder drehten durch. Das passiert bei der Glätte!" fuhr er fort, wie um sich bei dem Mann in der Lodenjacke zu entschuldigen.

„Ein Glück, daß sie noch mal davongekommen ist", sagte der ältere Mann, der offenbar eine Art Chef war. „Es geht dir doch gut?" fragte er Malin.

Sie nickte.

„Wieso hast du denn mitten auf dem Weg gestanden?" fuhr der Mann in der Lodenjacke fort.

„Ich wollte Sie nicht vorbei lassen!" rief Malin außer sich. „Sie wollen den Wald am Skarvfjäll abholzen, und das dürfen Sie nicht!"

Der Mann in der Lodenjacke verzog den Mund. „Aha, so ist das also", sagte er spöttisch. „Bist du bereit, dein Leben für ein paar alte Tannen zu opfern? Das ist ganz unnötig!"

„Das ist überhaupt nicht unnötig", sagte Malin. Plötzlich fühlte sie sich stark und mutig. Sie würde vor diesen Kerlen nicht klein beigeben, mochten es auch noch so viele sein. Sie wußte, daß sie recht hatte. „Wenn man den Wald abholzt, der so hoch oben in den Bergen wächst, wachsen dort nie mehr neue Bäume nach. Die Bäume erfrieren ja jetzt schon, weil das Klima hier oben kälter geworden ist. Die Rentiere verlieren ihre Weidefläche, und die wilden Tiere wissen nicht mehr wohin, wenn Sie den Wald abholzen!"

Der Mann in der Lodenjacke hörte ihr lächelnd zu, ohne sie zu unterbrechen. Als Malin verstummte, wandte er sich an die anderen Männer. „Sie meint es ernst, wie?"

Die beiden anderen nickten.

„Es ist nur leider so, daß du getäuscht worden bist", sagte der Mann in der Lodenjacke. „Ein paar Jahre ist es kälter gewesen, aber jetzt erwärmt es sich wieder. Wir Menschen haben die Luft so verschmutzt, daß die kalte Luft hier nicht mehr aufsteigen kann. Und wenn jetzt einige Bäume abgestorben sind, ist es am besten, daß wir uns so schnell wie möglich um die kümmern, die noch leben und zu gebrauchen sind, oder? Wir pflanzen neue Baumsorten an, zur Sicherheit. Robuste Bäume, die jedes Klima vertragen. Und jetzt läßt du uns bitte durch, wir müssen ankommen, bevor es dunkel wird!"

Malin zögerte. Das klang irgendwie ganz vernünftig, was er sagte. Ob es stimmte? Sie sah die vier Männer an, die auf ihre Antwort warteten. Die konnten sie wie eine Fliege beiseiteheben und weiterfahren. Komisch, daß sie sich überhaupt um sie kümmerten! Sie spürte, wie sie schrumpfte, die Kraft, die sie gefühlt hatte, verschwand genauso schnell, wie sie gekommen war. Sie drehte sich um und ging auf den Waliser zu, der ruhig bei Svarten und Amie stand, in seiner Toreinfahrt.

Als sie ein paar Meter gegangen war, fühlte sie eine Hand auf ihrer Schulter. Sie drehte sich um. Es war der junge Lastwagenfahrer. Er sah ganz ernst aus. „Eh, du", sagte er. „Der Mann irrt sich. Ich glaube genau wie du, daß der Wald dort nie wieder nachwächst." Er warf einen raschen Blick nach hinten, um sich zu vergewissern, daß die anderen nicht hörten, was er sagte.

„Hier oben gibt es einen riesigen Kahlschlag, der ist Beweis genug. Und über die neuen Baumarten wissen wir noch gar nichts!"

„Ich hab diesen Kahlschlag gesehen", antwortete Malin. „Aber wenn Sie meiner Meinung sind, warum helfen Sie denen, ihre Maschine raufzufahren?"

„Was soll ich tun?" Der Mann breitete hilflos die Arme aus. „Ich bin verheiratet und hab ein Kind, eine Familie, für die ich sorgen muß. Und hier gibt's kaum noch Jobs. Nur Wald!" Er kletterte wieder in die Führerkabine und rief Malin zu, ehe er die Tür schloß: „Mach das bitte nicht noch mal!"

Der große Laster begann vorwärts zu rollen. Der Mann in der Lodenjacke winkte Malin zu, als der Jeep vorbeifuhr. Sie winkte nicht zurück.

Svarten scheute vor den Fahrzeugen und machte erschrocken ein paar Schritte rückwärts; und Malin lief hin, um dem Waliser zu helfen, ihn zu halten. Amie dagegen betrachtete den Laster und auch den Jeep ganz ruhig und gelassen.

Malin starrte den Wagen nach, die langsam im Wald verschwanden. Sie müßte etwas tun, um sie aufzuhalten! Bengt und die anderen warnen! „Wie lange, glauben Sie, brauchen sie für den Weg, der zum Skarvfjäll führt?" fragte sie den Waliser.

„Tja, erst müssen sie die Maschinen abladen, und dann ist es mindestens noch ein Stunde Weg, glaube ich."

„Könnten Sie nicht zu denen im Lager fahren und ihnen erzählen, daß die Laster einen anderen Weg genommen haben?" bat Malin. „Dann würden sie versuchen, den Maschinen den Weg mit ihrem alten Jeep abzuschneiden!"

„Kannst du fahren?" fragte der Waliser und blickte Malin forschend an. „Es wäre besser, wenn ich mich in der Zwischenzeit um dein Pony kümmere. Wir sollten nicht länger warten. Sie ist krank. Ich habe einen Stall bei den Ziegen. Wenn du nichts dagegen hast, gebe ich eine Heilsalbe auf ihr Gelenk, bandagiere sie ordentlich, und dann kann sie dort in Ruhe bleiben, bis du alles geregelt hast. Ich meine, wo sie hin soll und so. Wirst du mit dem Schlitten fertig werden?"

„Ich glaub schon. Ich habe fahren gelernt in unserem Reitstall. Es wird schon gehen. Und ich kenne Svarten! Hab ihn mehrere Male in Nyvallen geritten. Es ist wirklich nett von Ihnen, daß Sie sich um Amie kümmern wollen!" Sie streichelte die Mähne der grauen Stute.

„Es ist gut, wenn ich helfen kann. Aber fahr vorsichtig! Ganz langsam, hörst du!"

Malin stieg auf den Schlitten, und der Waliser gab ihr die Leinen. Sie setzte sich zurecht und hob die Lederriemen leicht über den Rücken des Pferdes. Svarten begann anzutreten. Malin ließ rechts ein bißchen lockerer und zog leicht an der linken Leine. Svarten bog brav in den Weg ein. Sie schnalzte leise, und der kräftige Wallach fiel in Trab.

Schon öfter hatte Malin einen Schlitten gelenkt, aber noch niemals ganz allein. Doch sie fand es nicht beson-

8 10270-9

ders schwierig. Der Weg verlief ziemlich gerade und war auch nicht steil, so daß Svarten fast von selbst seinen Weg fand. Mit leise knirschenden Kufen glitt der Schlitten durch den winterlichen Wald. Auf dem Schnee blitzte es zuweilen hell auf, obwohl die Sonne nicht schien. Es war sehr kalt. Die Strecke, für die Malin und Amie den ganzen Vormittag gebraucht hatten, war mit dem schwarzen Nordschweden als Schlittenpferd in weniger als einer Stunde zu schaffen. Malin verringerte das Tempo, als sie die grauen ehemaligen Militärzelte sehen konnte. Im Lager war alles ruhig. Zwei Mitglieder der Baumretter waren dabei, Schnee nahe an die Zeltwände heranzuschaufeln, um die Wärme zu isolieren. Aus dem Wald waren Axtschläge zu hören. Sie brauchten viel Feuerholz, und die Waldretter schlugen trockene Äste von den Bäumen, die sie dann zu Feuerholz zerlegten. Offenbar rechneten sie damit, eine Weile hier zu bleiben.

Ein Mann, den Arm voller Holz, blieb vor einem Zelteingang stehen, als er Malin und Svarten kommen sah.

„Beeilt euch!" rief Malin. „Sie haben einen anderen Weg genommen!"

Der Holzträger, der bekleidet war mit einer alten braunen Lederjacke, Khakihosen und einer grauen Wollmütze, sah sie verwirrt an. „Wer?"

„Die Abholzmaschinen natürlich! Sie haben eine Abkürzung genommen", rief Malin aufgeregt.

„Es gibt doch keine Abkürzung", sagte der Mann mißtrauisch. „Bist du sicher?"

Jetzt waren mehr Leute aus den Zelten gekommen. Malin wiederholte ihre Neuigkeit vor Bengt, der mit der Brille auf der Nase herauskam.

„Kann jemand mal die Karte holen?“ bat er.

„Es stimmt, ihr müßt euch beeilen!“ Malin war aus dem Schlitten gestiegen, einer der Männer hielt Svarten, der ruhig dastand, am Halfter.

Eine große Karte wurde geholt, und Malin sah sofort, daß sie anders war als die, die sie zu Hause gefunden hatte. Es war eine neuere Karte als ihre. „Der Weg, der zum Berghof führt, geht noch weiter“, sagte sie hastig. „Der Engländer, der aber Waliser ist, hat es mir erzählt. Und auf der Karte, die ich zu Hause habe, ist der Pfad auch eingezeichnet. Er kreuzt den Weg zum Skarvfjäll, und dorthin sind sie jetzt unterwegs!“

„Auf dieser Karte ist kein Pfad eingezeichnet“, sagte Bengt und steckte die Brille in die Brusttasche seines rotkarierten Hemdes. „Ich kann mir nicht vorstellen, daß diese Karte falsch ist. Oberhalb des Berghofs gibt's doch nur noch Moore und steile Abhänge!“

„Aber ihr müßt euch beeilen“, drängte Malin. „Jetzt sind sie sicher schon dabei, die Maschinen von den Lastern abzuladen!“

„Hast du die Wagen gesehen?“ fragte Pia.

„Klar. Zwei Laster mit großen Maschinen, auf denen *Kockum* stand. Der eine hat mich angefahren“, sagte Malin.

Bengt und Pia guckten sich an. Malin bedauerte es, daß sie das gesagt hatte. Sie glaubten sicher, daß sie log.

„Er hat dich angefahren?“ fragte Agnes erschrocken.

„Ja, aber es war nicht schlimm. Ich hab mich mitten auf den Weg gestellt, um ihn anzuhalten, genau vor dem Hof vom Waliser. Er hat alles gesehen. Der Laster konnte nicht mehr bremsen und hat mich gestreift. Aber ich hab mir nur ein bißchen am Kopf wehgetan. Der Fahrer war sehr nett!“

„Das klingt ja wie ein Märchen“, sagte Bengt zweifelnd.

„Glaubst du Malin nicht?“ fragte Agnes aufgebracht.

Malin sah sie an. Agnes war zum Schlitten gekommen und sah den großen Bengt streng an.

„Doch, doch“, sagte Bengt. „Aber ich finde es so seltsam, daß es noch einen anderen Weg geben soll ...“

„Wir fahren hin und schauen nach“, erklärte Pia. „Es gibt keinen Grund, daß Malin nicht die Wahrheit sagt. Ich glaube, wir haben gerade diejenige vor uns, die den Wald am Skarvfjäll rettet!“

„Okay“, sagte Bengt widerwillig. „Gruppe eins zum jungen Hund. Mit Ausrüstung!“

Fünf Leute verschwanden in den Zelten und kamen nach einer Weile mit Rucksäcken wieder hervor. Die warfen sie in den dunkelgrünen Jeep. Karl-Aron saß schon am Steuer.

„Wenn wir es vor ihnen schaffen, hole ich euch gleich!“ rief Karl-Aron.

Der junge Hund hatte keine Schwierigkeiten, sich einen Weg durch den Schnee zu bahnen. Bald verschwand er hinter den Hügeln, und dann war nur noch eine Wolke von Schnee von ihm zu sehen.

„Ich fahre runter zum Berghof und schaue nach den Trailern dort!“ sagte Bengt und ging zu einem Wagen, der nah beim vorderen Zelt stand.

Svarten schnaubte und scharrte mit dem Vorderhuf im Schnee. Er wollte loslaufen. Sobald Bengt abgefahren war, bereitete Malin sich darauf vor, zum Berghof und zu Amie zurückzukehren. Einer der Männer aus dem Lager half ihr beim Wenden, aber ehe sie einsteigen konnte, um Svarten anzutreiben, kam ein Wagen aus derselben Richtung, in der Bengt verschwunden war.

„Hallo!" rief der Mann, der schon aus dem Auto sprang, kaum daß es hielt. „Finde ich hier die Heldin des Tages?"

Agnes sah ihn mißtrauisch an. „Woher wissen Sie das?"

„Der Engländer David hat es mir eben erzählt", sagte der Mann. „Ich bin von der Tageszeitung *Länsposten*. Ein gräßlicher Weg hier herauf. Wir wollten einen Bericht über euch hier oben bringen, aber die Sache mit dem Mädchen, das sich vor den Laster gelegt hat, um die Abholzmaschinen aufzuhalten, das ist noch viel besser. Das ist ein Ding! So etwas bringt Schlagzeilen!"

Malin sah, wie ein Fotograf, dem zwei Kameras um den Hals hingen, aus dem Auto stieg und einige Fotos von den Menschen bei den Zelten machte.

Länsposten! Schlagzeilen! Ein großer Bericht mit Fotos!

Ha, die würden platt sein zu Hause! Malin auf der ersten Seite! Aber was sollte dann werden? Mit Amie? Die ganze Geschichte von Amies Rettung würde bekannt werden. Wie sie Amie fortgebracht hatte. Elofsson würde wütend werden und ihre kleine Freundin sofort zum Schlachthof bringen.

Nein, sie brauchte noch einige Tage. Es gab immer noch eine Chance, daß die Großmutter auf ihren Vorschlag einging. Und Mia und Eva auch. Das Geld mußte doch irgendwie zu beschaffen sein! Wenn sie nur noch ein bißchen Zeit gewann.

Der Mann von der Zeitung näherte sich. Dabei unterhielt er sich lebhaft mit Agnes. Malin sah, wie er immer wieder etwas in seinem Schreibblock notierte. Von der anderen Seite kam der Fotograf, die Kamera erhoben. Malin faßte zum zweitenmal an diesem Tag einen schnellen und wichtigen Entschluß. Sie sprang in den Schlitten, schnalzte und gab Svarten mit den Leinen das Zeichen zum Start. Der Wallach, der ungeduldig auf das Signal gewartet hatte, machte einen Blitzstart. Malin wurde in den Sitz gedrückt und heftig an die Rückenlehne gepreßt.

Svarten lief davon, als wäre er Favorit bei einem Rennen in Solvall, aber Malin konnte sich nicht mehr umdrehen. Sie mußte sich jetzt ganz auf die Fahrt konzentrieren.

Svarten flog leichtfüßig und bereitwillig den weißen Weg entlang. Malin drehte sich mehrere Male um, um sicher zu sein, daß kein Wagen hinter ihr war.

Weder Amie noch der Waliser David waren zu sehen, als sie in den Hof einbog. Der Lappenhund kam ihnen bei der Toreinfahrt bellend entgegen.

Auf dem Hof hielt Malin den Nordschweden an, mitten zwischen den grauen Hütten, und wartete, daß jemand herauskam.

Die Tür zum Wohnhaus wurde gleich darauf geöffnet, und ein kleines Mädchen in braunem Pullover und rotweiß-gestreifter Hose kam auf die Vortreppe heraus. „Papa ist im Stall!" rief sie. „Dort hinten!" Sie zeigte auf das andere kleine Haus.

Malin führte Svarten zur hinteren Ecke des Hauses, wo er vor einiger Zeit aufgetaucht war.

Das kleine Mädchen hüpfte fröhlich hinter dem Schlitten her, und als Malin hielt, fragte die Kleine, ob sie das Pferd halten sollte, während Malin in den Stall ging.

„Kannst du das denn?" fragte Malin. „Aber noch nicht

ausspannen, ich muß noch weiter!"

„Klar, ich kenne Svarten doch! Ich hab ihn schon oft gehalten. Er ist ganz lieb, er kennt mich!" Mit geübtem Griff nahm sie das Halfter vorn am schwarzgelockten Kopf des Nordschweden. Svarten blieb wirklich ganz ruhig stehen, er beugte den Kopf und schnupperte an den Hosentaschen des Mädchens nach Leckereien.

Vom Stall her roch es streng, und ein durchdringendes Meckern von drinnen bestätigte, daß hier die Ziegen wohnten.

Malin öffnete die Stalltür und trat ein. Als ihre Augen sich an das dämmrige Licht gewöhnt hatten, bemerkte sie eine frisch gezimmerte Box aus hellen, neuen Brettern. In dieser Box stand Amie, befreit von allem Gepäck. Sie sah viel munterer aus, zum erstenmal seit sie Elofssons Stall verlassen hatten.

David kniete in den Sägespänen am Boden und musterte die kühlende Bandage, mit der er Amies Hinterbein umwickelt hatte. „Ich hab's so gut gemacht, wie ich konnte", erklärte er und schaute zu Malin auf.

„Das war sehr nett von Ihnen", sagte Malin dankbar. „Wirklich!"

Sie ging zu Amie und streichelte das weiche Maul der grauen Stute. Amie schnoberte ein bißchen an Malins Hand, aber sie stand ganz ruhig da und ruhte sich aus. Malin war unheimlich erleichtert. Hier war das Pony in Sicherheit. Jetzt mußte sie nur noch dafür sorgen, daß Amie das letzte Stück nach Nyvallen nicht gehen mußte. David, der in der Box stand, wußte sicher, was das Richtige war. Er würde ihr helfen, jemanden ausfindig zu machen, der heraufkam und die kranke Amie abholte. Aber wer? Und wieviel würde das kosten?

Als ob der Waliser ihre Gedanken gelesen hätte, sagte er: „Wenn du mit deinem Pony bald nach Nyvallen willst, können wir es ja so machen: Du bringst Svarten zu Nordströms und bittest Stig, Amie abzuholen. Das macht er sicher. Er ist sehr hilfsbereit. Grüße ihn von mir! Er hat einen alten Pferdetransporter, mit dem wird er bestimmt herkommen!"

„Ja!" Malin nickte.

„Und dann braucht sie einen Tierarzt!" fuhr David fort.

Wieder nickte Malin. Aber das Schwierigste stand noch bevor. Sie dachte an Großmutters alten Stall und verglich ihn mit dem, in dem Amie jetzt war. Selbst wenn es ihr gelang, die Großmutter zu überreden, das Geld irgendwie zu beschaffen, mußte der alte Stall bei ihr hergerichtet werden. Schließlich sollte sich Amie dort wohlfühlen.

„Hast du die Baumleute in Schwung gebracht?" fragte David, der Waliser. „Hier sind zwei von der *Länspost* gewesen. Ich hab ihnen von dir erzählt und daß du zum Lager raufgefahren bist. Bist du ihnen begegnet?"

„Ja, ich hab die Baumfreunde auf Trab gebracht", sagte Malin. „Aber erst wollten sie mir nicht glauben. Und die Leute von der Zeitung hab ich nur im Vorbeiflitzen gesehen."

„Hoffentlich können sie die Unternehmer aufhalten", sagte David. Er lehnte sich gegen die Boxwand und schaute Amie an, während er sprach. „Ich will mich nur einmischen, wenn's unbedingt nötig ist!"

„Warum?" fragte Malin.

„Wir haben uns hierher zurückgezogen, um in Frieden zu leben. Man muß sich entscheiden. Entweder steht man auf den Barrikaden und kämpft, wie zum Beispiel die Waldretter, oder man versucht, sich und seine Familie so gut wie möglich aus allem rauszuhalten."

„Warum kann man nicht ganz normal leben? Wie alle anderen?"

„Natürlich kann man das. Die meisten schwimmen ja mit im Strom, rennen durchs Leben, um sich so viele Sachen wie möglich anzuschaffen. Aber wenn man das nicht will, muß man sich entscheiden. Kämpfen oder sich entziehen", sagte David und verließ die Box.

Die Fortsetzung des Weges durch den Wald, der Abschnitt zwischen dem Berghof und Nyvallen, war nicht ganz so kurvig und hügelig wie der obere Teil. Malin fuhr jetzt langsam. Sie ließ Svarten im Schritt gehen, denn er war immerhin schon eine ziemliche Strecke gelaufen, und sie wollte ihn nicht überanstrengen und bei Nordströms mit einem erschöpften Pferd ankommen. Außerdem hatte sie Angst, Autos zu begegnen. Das würde ein Problem werden auf dem schmalen Weg, auch wenn der Schlitten ziemlich klein und schmal war.

Als die Sonne untergegangen war, wurde es rasch dunkel, und als sie zu den ersten Äckern kamen, die verrieten, daß Nyvallen nah war, wurde der Weg nur vom Mond und dem klaren Sternenhimmel beleuchtet.

Aber plötzlich wurden die höchsten Tannenwipfel vor Malin und Svarten hell erleuchtet, und bald war der ganze Weg hell von einem kräftigen Licht. Malin sah sich um. Von hinten näherte sich ein Auto. Sie beugte sich aus dem Schlitten, um zu sehen, ob es einen passenden Platz gab, auf den sie zur Seite fahren und den Wagen vorbeilassen konnte.

Ja, da vorn rechts schien die Auffahrt zu einer Wiese

mit einem Heuschober zu sein. Sie ließ Svarten bis zur Auffahrt traben, dann parierte sie ihn zum Schritt, bog vorsichtig ab und hielt an.

Das Auto hielt auch an, und ein Mann streckte den Kopf heraus. „He, da ist ja unsere Heldin!"

Der Schnee wirbelte um den Schlitten auf, als Malin Svarten auf die Wiese hinauslaufen ließ. Um nichts auf der Welt wollte sie diesem Kerl von der Zeitung begegnen!

Hinter dem Heuschober hielt sie an. Einige Minuten später hörte sie, wie das Auto startete, und sah, wie die Scheinwerferlichter erloschen. Sie nahm an, daß der Journalist und der Fotograf keine Zeit hatten, länger zu warten, da sie zur Redaktion in die Stadt und ihre Reportage für die Ausgabe von morgen schreiben mußten.

Sicherheitshalber fuhr sie das letzte Stück zur Landstraße im Schritt. Nordströms wohnten nur wenige hundert Meter vom Forstweg entfernt.

Als Malin auf dem Hof ankam, der einzige Hof in Nyvallen, der noch bewirtschaftet wurde, begrüßte sie lautes Muhen. Abgesehen von der Außenbeleuchtung des Stalles, die mit Hilfe einer Fotozelle eingeschaltet wurde, lag der Hof dunkel und verlassen da.

Sie spannte Svarten aus und lobte ihn ausgiebig, daß er so brav gelaufen war. Danach führte sie ihn in den Stall, schirrte ihn ab und nahm ihm das Zaumzeug ab. Dann öffnete sie den Wasserhahn zu Svartens Wasserbehälter und schüttete Hafer in seinen Trog. Den hatte Svarten jetzt verdient. Das Pferd trank in großen Zügen, dann machte es sich hungrig über sein Futter her. Und während der Schwarze fraß, spülte Malin das Gebiß unter einem Wasserhahn im Kuhstall ab.

Rosa, Krusa und alle anderen streckten ihre Hälse nach Malin aus und beklagten sich gemeinsam bei ihr, daß sie an diesem Nachmittag nicht gemolken und gefüttert worden waren.

Malin hatte keine Eile. Stig oder Elsa mußten jeden Augenblick nach Hause kommen zum Melken. Sie wartete, bis Svarten satt war, dann bürstete sie ihn mit langen Strichen, auch seine Mähne und den Schweif, und wartete auf Stig und Elsa.

Nach einer Weile ging sie auf den Hof und hielt Ausschau nach den Besitzern. Es war sechs, und sie hätten schon längst zu Hause sein müssen. Und richtig, auf der Straße näherte sich ein Wagen. Er fuhr langsamer und bog auf den Hof ein. Aber als er näherkam, sah Malin, daß es nicht Stigs Wagen war. Nordströms hatten einen großen Ford, und dies war ein kleiner Mazda.

Ein mageres Mädchen mit einem zusammengerollten Overall unter dem Arm stieg aus dem Auto. „Meine Güte, ist das heute hektisch", sagte sie. „Und hier klingt das ja, als ob die Kühe verhungerten!"

„Sind Nordströms verreist?" fragte Malin.

„Die sind auf Zypern", antwortete das junge Mädchen. „Der erste Urlaub, den sie seit fünfundzwanzig Jahren zusammen machen. Ich arbeite hier eine Woche als Ersatzmann!"

„Schade", sagte Malin bedrückt. „Ich meine, es ist nicht schade, daß sie zusammen Urlaub machen, aber ich wollte sie bitten, ein Pony für mich abzuholen."

Das Mädchen, das als Ersatzmann arbeitete, lief zum Melken in den Stall, und Malin holte ihren Rucksack, die Unterlage, den Schlafsack und eine Plastiktüte aus dem Schlitten. Das war alles, was noch von ihrem Gepäck übrig war. Den Hafersack hatte sie bei David gelassen. Sie ging zur Landstraße. Es waren noch etwa zwei Kilometer nach Norden, dort wohnte die Großmutter.

Malin gähnte, sie war plötzlich so müde. Am liebsten hätte sie sich in einem Schlupfwinkel verkrochen und den ganzen Winter geschlafen. Alles war so schwierig! Amie war zwar vorerst gerettet, aber sie stand auf dem Berghof und war krank. Malin hatte niemanden, der ihr half, Amie abzuholen. Und würde die Großmutter sie überhaupt aufnehmen können?

In einigen Fenstern der wenigen Höfe am Weg leuchtete schwaches Lampenlicht und bläulicher Fernsehschein.

Malin ging langsam. Sie fühlte sich verfroren und steif, nachdem sie verkrampft vor Aufregung im Schlitten gesessen hatte. Aber die Schlittenfahrt war gutgegangen! Wie brav der Schwarze getrabt war!

Daß die letzten zwei Kilometer so lang sein würden! Sie war allein auf der Straße unter dem blassen Licht des Mondes und der Sterne.

Aus Großmutters Küchenfenster leuchteten die Lichter des dreiarmigen Kerzenleuchters warm und tröstlich. Auf dem verschneiten Treppengeländer saß Maunz, Großmutters großer alter Kater. Er machte einen Buckel und stellte sich erwartungsvoll vor die Tür, als Malin sich den Schnee von den Füßen trat. Maunz flitzte vor ihr hinein, als sie die Tür ohne Anklopfen öffnete.

Großmutter stand mitten in der Küche und sah Malin stumm an, als sie hereinkam. Malin legte ihr Gepäck auf den Fußboden und ging auf die Großmutter zu, die die Arme weit ausbreitete. Malin weinte in Großmutters

Armen. Genau so wie früher, als sie noch klein gewesen war, wenn die Großmutter sie getröstet hatte.

„Zieh dir trockene Sachen an, Kind! Ich mache inzwischen das Essen!“ sagte Großmutter sanft und hielt Malin fest umarmt. Dann schob sie sie von sich. „Na komm, geh schon!“

„Du bist so lieb, Großmutter!“ flüsterte Malin.

„Und du bist so kalt wie ein einziger Eiszapfen!“ erklärte die Großmutter. „Geh auch duschen!“

Malin wischte sich die Tränen ab und betrachtete sich kurz im Spiegel, der neben der Tür hing.

Wie sah sie aus! Ein rotes verfrorenes Gesicht mit strähnigen Haaren starrte sie an. Die Tränen hatten helle Spuren auf ihren Wangen hinterlassen, die Ohren waren rot von der Kälte und die Augen verweint. Plötzlich fiel ihr ein, daß sie sich nicht mehr gewaschen hatte, nachdem sie das Gesicht notdürftig nach dem Sturz im Bach gesäubert hatte. Das war eine Ewigkeit her! Daß niemand etwas gesagt hatte! Die Baumretter müssen sich ganz schön gewundert haben. Und David auch.

Malin blieb lange unter der Dusche und ließ das Wasser an sich herablaufen, bis der Warmwasserbereiter leer war.

Als sie in die Küche kam, hatte Großmutter schon einen Berg Pfannkuchen gebacken. Malin sollte sich ihren Morgenmantel aus dem Schlafzimmer holen, und dann könnte sie anfangen zu essen, wenn sie wollte.

„Und nun will ich die ganze Geschichte hören“, sagte die Großmutter.

Malin aß. Die Himbeeren waren in diesem Herbst verregnet, es gab also keine Schwimbeermarmelade zu den Pfannkuchen. Aber Malin war auch mit den Preiselbeeren zufrieden, die sie bekam.

Für Großmutter blieben nur drei Pfannkuchen übrig, aber sie sagte, das mache nichts, denn eigentlich dürfe sie vor der Reise überhaupt keine Pfannkuchen essen, wenn sie noch in ihren Badeanzug passen wollte.

Malin erzählte alles. Sie verschwieg nichts, die Wörter sprudelten nur so aus ihr heraus. Ruhig saß die Großmutter da und strickte einen Pullover, den Karin zu Weihnachten bekommen sollte. Sie strickte schnell und schaffte fast einen halben Ärmel, ehe Malin fertig war.

„Meinst du, wir können Amie hier halten?" fragte Malin schließlich.

Großmutter legte das rosa Strickzeug in den Schoß und sah ihre Enkelin durch die Lesebrille an. „Du verlangst einiges von mir", sagte sie. „Ich wünschte, es ginge, aber es wäre sehr schwierig. Der Stall ist völlig verrottet, es würde viel Geld kosten, ihn wieder herzurichten. Und das habe ich einfach nicht!"

Malin schluckte und betrachtete die Lichter im Fenster, die durch ihre aufsteigenden Tränen auseinanderliefen und schimmerten. Amie! Was sollte aus ihr werden?

„Kann sich nicht David, der Waliser, um das Pony kümmern? Auf seinem Hof könnte es doch sicher bleiben?" fragte die Großmutter.

„Ich weiß nicht. Vielleicht", sagte Malin ausweichend. Vielleicht könnte David das Pony wirklich behalten? Doch dann müßte sie Amie hergeben. Aber Amie würde leben dürfen, und sie würde es bestimmt gut haben bei David. Malin würde sie dort auch besuchen können ...

„Wollen wir die Kerzen nicht auspusten?" fragte sie endlich.

„Oh, sind sie schon runtergebrannt", sagte die Großmutter. „Dann ist es wohl Zeit, daß wir zu Bett gehen, du und ich. Wir schlafen noch mal über die Sache, und morgen früh fahren wir zu David. Mach dir keine Sorgen um das Pony. Mir wird schon etwas einfallen!"

Malin schlief fast im gleichen Augenblick ein, als sie den Kopf aufs Kissen legte, in dem wunderbaren Bett unter der weichen Daunendecke.

Als sie aufwachte, war es schon hell. Maunz lag am Fußende des Bettes und fing leise an zu schnurren, als er merkte, daß Malin wach war. Im Herd knackte das Tannenholz. Alles war so, wie es sein sollte in Großmutters Küche. Der Herd gab eine ganz andere Art Wärme als die Heizkörper in der Wohnung in Hälledal. Diese Wärme war persönlicher, gemütlicher, wärmender.

Malin beugte sich zum Fußende vor und zog Maunz an sich. Er ließ sich bis zu ihrem Kissen ziehen, ohne Widerstand zu leisten, und hörte nur während des Transports auf zu schnurren; dann aber schnurrte er weiter, während Malin ihm den Bauch streichelte.

Sie waren allein im Haus. Außer dem Knistern des Feuers und dem Schnurren des Katers war nichts zu hören. Malin zog die Decke über sich und Maunz, so daß nur ihre beiden Köpfe auf dem Kissen zu sehen waren.

Nach einer Weile wurde die Stille durch Geräusche von der Treppe unterbrochen, und bald darauf kam die Großmutter herein.

Sie warf die Zeitung von heute auf den Tisch, ehe sie sich den Mantel auszog, und Malin guckte erstaunt auf die Uhr. Die Zeitung kam ja immer erst gegen elf, und es war tatsächlich schon später als elf. Malin warf rasch die Decke zurück, um aufzustehen. Der arme Kater Maunz, der sich entspannt auf eine schöne, gemütliche Stunde im warmen Bett eingestellt hatte, war ganz erschrocken von der plötzlichen Aktivität; er sprang auf den Fußboden und schlüpfte unters Bett.

„Hast du gut geschlafen?" fragte die Großmutter und breitete die Zeitung auf dem Tisch aus.

„Sehr gut!" antwortete Malin. Sie fühlte sich wirklich ausgeschlafen. Es war ein wunderbares Gefühl, in einem richtigen Bett aufzuwachen, nachdem sie drei Nächte auf der Erde geschlafen hatte! Sie ging zum Küchentisch und warf einen Blick auf die dritte Seite der Zeitung. Ein Bild, das die halbe Seite füllte, zeigte ein großes Pferd, das einen Sprung nach vorn machte. Alle Hufe schienen gleichzeitig in der Luft zu sein. Das Bild schien schräg von vorn aufgenommen zu sein, und dahinter waren undeutlich ein Schlitten mit einem Mädchen darin zu erkennen.

Stumm sah Malin ihre Großmutter an, die allerdings nicht besonders erstaunt zu sein schien über das Foto. Entzückt zeigte sie auf die große schwarze Überschrift:

Unbekanntes Mädchen stoppt Kahlschlag beim Skarvfjäll! Angefahren von einem Laster des Unternehmens!

„Ich glaube, die mögen dich bei der *Länspost*", sagte die Großmutter. „Nur schade, daß du auf dem Foto so schlecht zu erkennen bist!"

Malin las den Bericht. Dort stand, daß ein sehr junges Mädchen versucht hatte, mit seinem Körper die Lastwagen aufzuhalten, die Geräte zum Skarvfjäll hinauftransportierten. Eine mutige Tat, um die bergnahen Wälder

9 10270-9

zu retten, die in Gefahr waren, abgeholzt zu werden. Man hatte versucht, Kommentare von den Chefs der großen Konzerne zu bekommen, aber die hatten es abgelehnt, auf Fragen zu antworten. Der Reporter berauschte sich richtig an dem Ereignis und trug ordentlich dick auf in der Sache mit dem Mädchen. Zweimal war sie vor den Journalisten geflohen, vermutlich weil sie nicht mit der Gruppe der Umweltschützer konkurrieren wollte, die gegen die großen Unternehmen und die Kahlschläge in den Berggebieten arbeiteten.

In einem Interview mit den Waldrettern im Lager kam heraus, daß sich das fremde Mädchen mit seinem Pferd durch Schneesturm und Kälte gekämpft hatte, um seine gute Absicht durchzuführen!

Malin las und staunte. Natürlich war es gut, daß sie etwas über die Abholzung des Waldes schrieben. Aber in ihren wildesten Phantasien hatte sie sich nicht vorgestellt, daß die Zeitung soviel dazuerfinden würde! Überwältigt setzte sie sich auf einen Küchenstuhl. Eigentlich war es ein bißchen schade, daß sie nicht mal mit Namen und einem richtigen Foto in der Zeitung war. Aber die Fürsorge für Amie und ihre Rettung war wichtiger gewesen. Und es war ein wunderbares Gefühl, daß Amie jetzt in Sicherheit war.

„Wann fahren wir zu Amie?" fragte Malin.

„Ich bin schon dort gewesen", sagte die Großmutter. „Ich bin heute morgen so früh wach geworden und wollte dich noch nicht wecken. Da bin ich mit meinem Volkswagen hingefahren und hab mit David geredet."

„Was hat er gesagt?" fragte Malin gespannt.

„Es geht leider nicht. Er hat gerade die Nachricht bekommen, daß er dort nicht bleiben kann. Das Landwirtschaftsministerium, dem der Hof gehört, auf dem er wohnt, hatte ihm schon vor einiger Zeit gekündigt. Er hat jetzt nur noch einen Monat Zeit, dort wegzuziehen", sagte die Großmutter bedrückt.

„Aber warum darf er dort nicht wohnen bleiben?" fragte Malin.

„Das Landwirtschaftsministerium hat eine Menge Gründe", sagte die Großmutter. „Aber ich glaube, sie wollen einfach nicht, daß Privatleute auf Höfen wohnen, die sie nicht richtig kontrollieren können."

Malin starrte stumm aus dem Küchenfenster, während die Großmutter am Herd wirtschaftete. Draußen zankten sich Dompfaffen und Kohlmeisen um die Sonnenblumenkerne auf dem Futterbrett.

Es war wohl das beste, wenn sie jetzt Elofssons Stall anrief. Am Ende ging er noch zur Polizei, wenn herauskam, daß das graue Pony verschwunden war.

Sie suchte die Nummer im Telefonbuch heraus. „Ich rufe dann an", sagte sie. Es war ein Gefühl, als verkündete sie ein Todesurteil. Sie legte die Hand auf den Telefonhörer und zögerte. Gab es wirklich keine Möglichkeit mehr, um Amie zu retten? Sie durfte einfach nicht geschlachtet werden! Es war so sinnlos und ungerecht!

Plötzlich wurden die kleinen Vögel von ein paar Elstern aufgeschreckt. Sie flogen auf und ließen sich auf der Eberesche nieder. Die Elstern pickten die Körner auf, die die kleineren Vögel auf den Boden geworfen hatten.

„Kannst du mir ein bißchen Feuerholz holen, ehe du anrufst?" bat die Großmutter. „Die Holzkiste ist ganz leer. Die Trage steht im Vorraum. Es wäre auch nett, wenn du eben den Weg zum Holzschuppen freischaufeln könntest!"

Malin war dankbar für den Aufschub. Sie zog dicke Stiefel und ihre Jacke an und ging hinaus, die Holztrage in der Hand.

Der Schnee war leicht, und sie begann, ihn Schritt für Schritt nach links wegzuschaufeln, bis sie bei der Tür zum Holzschuppen ankam. Dort kehrte sie um und schippte den Weg zurück frei. Der Weg zwischen Haus und Schuppen wurde gleichmäßig und schön glatt. Dann ging sie in den Holzschuppen und füllte die Trage mit Holzscheiten.

Die Großmutter telefonierte, als Malin wieder hereinkam. Sie warf die Holzscheite in die Kiste neben dem Herd und ging hinaus, um eine neue Ladung zu holen. Vier solcher Ladungen hatten in der Kiste Platz. Nach dem vierten Gang stellte sie die Holztrage wieder im Vorraum ab, zog die dicke Jacke aus, setzte sich hin und wartete darauf, daß das Telefon frei wurde. Hoffentlich würde Großmutter ewig telefonieren!

Die Elstern waren aufgeschreckt worden und davongeflogen, als Malin hinausgekommen war. Jetzt, wo es ruhiger geworden war, kehrten die Meisen zum Futterplatz zurück. Die Dompfaffen waren wohl des Wartens müde geworden und in den Wald zurückgeflogen.

Die Großmutter hatte vor Aufregung rote Flecken auf den Wangen.

Malin hatte nur einzelne Wörter von dem verstanden, was Großmutter sagte, wenn sie drinnen gewesen war und das Holz abgeladen hatte. Sie hatte bemerkt, daß die Großmutter erregt war, hatte aber nicht versucht zu verstehen, wovon sie redete. Malin war zu sehr mit ihren Gedanken beschäftigt. Nordströms waren ihr wieder eingefallen. Vielleicht könnte Amie doch in ihrem großen Stall bleiben. Platz hatten sie. Sie mußte sie unbedingt fragen, wenn sie wieder da waren.

Die Großmutter legte den schwarzen Telefonhörer auf. Ihre Augen waren merkwürdig blank. Ihr Blick richtete sich auf Malin. „Stell dir vor, was ich mich getraut hab zu tun!" sagte sie. „Du brauchst dir keine Sorgen mehr um das Pony zu machen. Es wird alles in Ordnung kommen!"

Malin stand hastig auf und ging zum Küchentisch, wo Großmutter kerzengerade mit einem strahlenden Lächeln auf den Lippen saß.

„Was ist los, Großmutter, mit wem hast du gesprochen?" rief Malin aufgeregt. „Sag schon!"

„Gustav! Ich hab mit Gustav gesprochen! Er ... oh, ich muß einen Schluck Wasser haben." Sie lief zur Spüle und füllte sich ein Glas, das sie in einem Zug leerte.

„Aber Großmutter, was ist denn bloß passiert?" Malin begriff gar nichts mehr.

Großmutter füllte das Glas zum zweitenmal. Dann blieb sie an die Spüle gelehnt stehen und erzählte.

„Vor sehr langer Zeit bin ich in Gustav verliebt gewesen. Wir waren fast ein Jahr verlobt und wollten Mittsommer heiraten. Aber eine Woche vor dem Aufgebot erfuhr ich, daß er mit einem anderen Mädchen zusammen gewesen war, obwohl wir verlobt waren. Da hab ich Schluß gemacht. Es war furchtbar. Ich dachte, ich würde es nicht überleben. Er hat mich um Verzeihung gebeten, aber ich war hart wie ein Stein und sagte nein. Eigentlich war ich am wütendsten darüber, daß er offenbar meinte, er könnte mich wer weiß wie behandeln, nur weil er der Sohn eines Großbauern und ich ein Mädchen von einer Pächterstelle war. Meine Eltern waren meiner Meinung. Schließlich gab Gustav auf, und dann haben wir uns nicht mehr wiedergesehen. Aber weißt du, ich hab furchtbar darunter gelitten, denn ich hatte ihn sehr gern. Später hab ich's bereut, daß ich ihm damals nicht verziehen habe. Aber mein Stolz kam vor der Liebe. Dann lernte ich deinen Großvater kennen, und wir heirateten. Wie du weißt, ist Großvater im Wald umgekommen, bevor du geboren wurdest. Eine große Kiefer wurde vom Sturm umgeweht, auf diesem Kahlschlag, durch den du gekommen bist, ehe du auf die Waldretter gestoßen bist. Alle Kiefern, die stehengebliebenen waren, stürzten damals um, und die Räumarbeiten waren sehr gefährlich. Ja, es war hart für mich, als seine Kollegen ihn auf einem zusammengezimmerten Schlitten brachten. Er hatte sich das Rückrat gebrochen und lebte nur noch wenige Stunden. Der Wald gibt, und der Wald nimmt."

„Aber was hat das alles mit Amie zu tun?" fragte Malin ungeduldig.

„Gustav ist der Besitzer von Amie", sagte Großmutter. „Gustav Elofsson!"

„Was? Du bist mit Elofsson verlobt gewesen?" rief Malin verdutzt. „Mit diesem Ekel, dem der Reitstall gehört? Was für ein Glück, daß du mit ihm Schluß gemacht hast!"

„Nun mal langsam", sagte die Großmutter ernst. „Früher ist er fröhlich und unternehmenslustig gewesen, nett und umsichtig. Aber nach unserer Trennung ist er im Laufe der Jahre verbittert und menschenscheu geworden. Und du weißt ja wohl, daß er nie geheiratet hat. Ich bin auch schuld, daß er heute so ist, wie er ist. Obwohl ich weiß, daß er eigentlich ganz anders ist."

„Du kannst doch gar nicht wissen, wie er heute ist! Er hat sich wirklich verändert, glaub mir!" rief Malin. „Sonst hätte er Amie nicht einfach so verkaufen können!"

„Ich bin ihm natürlich nie begegnet in all den Jahren. Es ist schon so lange her. Jedenfalls *mußte* ich ihn jetzt ganz einfach anrufen, da uns ja keine Lösung für das Pony einfiel."

„Was hat er gesagt? Hast du ihm erzählt, daß ich Amie mitgenommen habe?"

„Natürlich. Aber ich hab ihm erklärt, daß du richtig gehandelt hast und daß er ein verdammter Mistkerl ist, der so ein armes Pony nicht leben lassen will!"

„Und was hat er da gesagt?" fragte Malin atemlos.

„Tja, eine Weile konnten wir uns nicht richtig einigen. Er war ziemlich aufgebracht, das kannst du dir ja denken. Aber bevor wir uns einig wurden, hat er entschieden, daß das graue Pony bei dem Waliser bleiben kann, bis es wieder ganz gesund ist. Wenn David nichts dagegen hat und wenn er bis dahin nicht fortgezogen ist. Gustav bezahlt den Tierarzt, das Futter und die Medikamente. Schließlich gehört ihm die kleine Stute ja!"

„Oh, Großmutter, das ist ja nicht zu fassen! Dann hab ich ja einen ganzen Monat gewonnen und kann versuchen, Geld zu beschaffen und einen guten Platz für sie zu finden!" Malin tanzte mit der Großmutter durch die Küche. Noch nie in ihrem Leben war sie so glücklich gewesen!

„Halt, mir wird schwindlig!" protestierte die Großmutter endlich und wischte sich die Augenwinkel.

„Aber wie hast du ihn überredet, daß er seine Meinung

geändert hat?" fragte Malin. Sie konnte es noch nicht glauben.

„Die Hauptsache ist doch, daß er sich's überlegt hat, oder nicht?" Großmutter griff nach der Kaffeekanne. „Jetzt brauche ich wirklich eine Tasse Kaffee!" Mit abwesendem Blick ging sie zum Kühlschrank, um ein Paket Kaffee herauszunehmen. Sie griff ein Paket, öffnete es und schüttete vier gehäufte Löffel Grieß in die Kaffeekanne.

„Woran denkst du, Malin, wenn du den ganzen Tag aus dem Fenster guckst?"

Die Sonne schaffte es nicht ganz hinauf zum Dach der Turnhalle. Wenn die Sonne am höchsten stand, warf sie einen hellen Strahl durch die Öffnung zwischen dem Schulgebäude und der Turnhalle. Für einen ganz kurzen Augenblick glitzerten die silbrigen Eiskristalle an den Zweigen des Ahorns in dem feurigen Licht. Das Bild des glitzernden Baumes blieb lange, nachdem die Sonne hinter dem roten Gebäude verschwunden war, auf Malins Netzhaut.

Kerstin, die ihr die Frage gestellt hatte, stand vor ihrem Platz. Malin wandte sich vom Fenster ab und sah in Kerstins freundliche graue Augen. Sie waren allein in der Klasse. Malin hatte gar nicht gemerkt, daß es geläutet hatte. Sie dachte nach, ehe sie antwortete.

Draußen war es kalt, mehr als zwanzig Grad unter Null. Sie hatte daran gedacht, wie sie damals im Herbst mit Amie fast erfroren wäre auf dem Kahlschlag. Da hatte das graue Pony ihr das Leben gerettet. Was für einen Aufruhr es gegeben hatte, nachdem sie sich in den Weg gestellt hatte und vom Laster angefahren worden war! Die Zeitungen hatten sie aufgespürt, nachdem sie nach Hälledal zurückgekehrt war. Aber so groß wie am ersten Tag waren die Überschriften nicht mehr, als man noch nicht wußte, wer sie war und sie als scheue, unbekannte Heldin beschrieb, die mit ihrem Pferd in den Wald floh, um der Neugier der Leute zu entgehen.

Durch das Ereignis vor Davids Hof war die Diskussion über das Abholzen der bergnahen Wälder in der Presse wieder aufgeflammt. Der Wald am Skarvfjäll war zum Symbol für alle bedrohten Bergwälder geworden, und Menschen aus dem ganzen Land waren zum Lager der Waldretter hinaufgeströmt, um die Unternehmen aufzuhalten.

Die Bosse der großen Firmen waren zum Rückzug gezwungen worden. Gegen die Meinung von so vielen Menschen konnte man nicht handeln. Die Regierung hatte darüber zu reden begonnen, alle Wälder in der Nähe der Berge zum Naturreservat zu erklären. Der Gedanke war nicht neu, aber dank der Initiative der Baumretter und Malins Entschluß, sich vor den Laster zu stellen, schienen alle Bergwälder des Landes gerettet werden zu können!

Malin dachte auch an die kleine Amie, die jetzt zu Hause bei Eva Andersson und ihrem netten Vater war. David hatte sie versorgt, solange er noch auf seinem Hof wohnte. Als er aus seinem Berghof auszog und mit seiner Familie und seinen Tieren auf einen anderen, zentraler gelegenen Hof gegangen war, den er mieten konnte, da war Amie wieder gesund gewesen. Gustav Elofsson hatte sie mit Malin zusammen von David abgeholt. Evas Vater hatte Malin erzählt, daß Elofsson sich reichlich für den Transport hatte zahlen lassen. Aber er war so froh, daß er das graue Pony kaufen konnte, daß er bereitwillig zahlte, was Elofsson verlangte.

Malin war oft bei Eva und Amie. Sie half, das graue Pony zu versorgen, und half Eva auch beim Reiten. Amies Bein konnte wieder belastet werden, sie ging munter, ohne Schmerzen zu haben.

Eva hatte fest versprochen, Amie nie wieder zu überfordern. Und da paßte Malin auf!

Malin hatte auch darüber nachgedacht, wie merkwürdig es war, daß Gustav Elofsson es geschafft hatte, im selben Flugzeug wie Großmutter den letzten Platz zu kriegen. Obwohl es an einem Freitag gewesen war, an dem er erfuhr, daß Großmutter verreisen wollte, und ihr Charterflug schon am Sonntag ging. Er hatte es sogar geschafft, ein Zimmer im selben Hotel wie Großmutter zu bekommen.

„Also", sagte Malin zu Kerstin, die in ihrer Klasse Vertretung für Schwedisch war, denn die Lappenlisa war immer noch krankgeschrieben, „ich hab darüber nachgedacht, was kleine Ereignisse alles auslösen können. Irgendwann im Herbst hat mal eine Plastiktüte auf meinem Tisch gelegen. So eine, die knistert."

„Du meinst wohl aus Zellophan?" sagte Kerstin.

„Ja, genau. Es entstand ein Wahnsinnstheater wegen dieser Tüte, und ich war so depremiert, weil ich ihretwegen Schimpfe kriegte. Ich hatte richtig Lust, von der Schule und allem abzuhauen. Ich fand, alle waren ungerecht zu mir. Ich hatte nur eine einzige richtige Freundin, und das war die kleine graue Amie. Als ihr Besitzer beschloß, sie schlachten zu lassen, hab ich sie geholt und bin mit ihr fortgegangen. An die Folgen hab ich nicht gedacht. Und dann ist ein Menge passiert, das weißt du ja, das mit den Baumrettern und den Bergwäldern. Und obendrein hat sich meine Großmutter nach vielen Jahren mit ihrer Jugendliebe ausgesöhnt. Und Amie durfte weiterleben."

„Ja, manchmal kann es wirklich seltsam gehen. An der knisternden Tüte war wohl etwas Besonderes!" Kerstin lächelte Malin an.

Malin hing wieder ihren Gedanken nach. Vielleicht hatte alles, was geschehen war, einen Sinn. Sie hatte Amies Leben gerettet, und Amie hatte sie auf dem Kahlschlag im Wald vorm Erfrieren bewahrt. Amie, dachte Malin. Heute nachmittag würde sie sie wieder besuchen. Amie gehörte jetzt Eva, aber sie würde immer auch Malins Pony bleiben.

CHRISTA SCHÜTT

Ohne Pferde geht es nicht

Mein ganzes Leben dreht sich um Pferde, sagt Christa Schütt. Ohne meine Pferde wäre mein Leben ärmer gewesen. Pferde haben mein Leben hell und bunt gemacht, manchmal fast zu bunt!
Aber wie sollte ich Pferdegeschichten schreiben – ohne all die lustigen und spannenden, heiteren, ernsten und aufregenden Erlebnisse mit meiner kleinen Pferdeherde. Eins steht für mich fest: Ohne Pferde geht es nicht!

SCHNEIDER BUCH